*" Soyez résolus à ne plus servir et vous serez libres."*

**Etienne de La Boétie**

# TOME 2

# Cygne noir :

**Evénement imprévisible ayant des conséquences considérables et exceptionnelles**

# Chapitre 1

Quinze ans.
Voilà maintenant quinze ans que j'ai publié ce livre devenu source d'espoir pour des millions de personnes dans le monde mais qui, pour moi, signifie le début de mes ennuis.

Quinze ans de compliments, de remerciements et de reconnaissance de la part des gens qui ont eu accès à ce modeste pamphlet que j'avais écrit un soir de colère provoquée par l'arrestation de mes parents.
Quinze années à me faire traquer comme une bête sauvage par cette milice pour un simple livre, une simple bouteille à la mer pour les générations suivantes.
Au départ, la milice était essentiellement composée de misérables cherchant un travail bien rémunéré par rapport à leur niveau d'études.
La plupart avaient accepté ce sale boulot par dépit, flairant le bon coup, un moyen facile et rapide de se faire un peu d'argent sans trop avoir à réfléchir.

En effet, c'était ce qui les motivait, gagner sa vie sans se poser de questions avant d'obéir aux ordres donnés.
 S'interroger sur le bienfait de ses actes était vu comme inutile et surtout dangereux depuis que la milice faisait régner l'ordre et la pensée des As.

Pour beaucoup d'entre eux, ils venaient simplement profiter de l'autorisation que nos gouvernants leur avaient donnée : être violent sans raison apparente, détenir le permis de tuer dont certains avaient tant rêvé.
S'engager dans la milice était l'assurance de pouvoir se défouler sans risque d'être inquiété par quiconque.
Il leur fallait être durs et sans pitié envers les faibles, les gens d'en-bas, les travailleurs. Les rabaisser, les humilier, les piller, les enfermer et même les tuer si cela était nécessaire.
Ils avaient carte blanche.
Ne leur laisser aucun espoir de sortie de crise.

L'arrivée du virus et de conflits sociaux leur avaient grandement facilité la tâche car les gens étaient divisés et l'épidémie les avaient rendus méfiants les uns envers les autres.
Ils allaient choisir l'ordre et le calme social plutôt que la révolution passant par la confrontation.
L'ordre allait être rétabli par des monstres dénués de toute conscience mais ils se sentiraient plus en sécurité, même s'il leur fallait abandonner beaucoup de libertés durement acquises par leurs aïeux.
Ils devaient trahir le conseil national de la résistance, pères fondateurs de ce pays, tout le système social allait être détricoté à grands coups de réformes successives et les libertés abandonnées.

Cela ne ressemblait pas à une crise et à ses changements obligatoires pour l'enrayer.

Je pense qu'il s'agissait plutôt d'un système savamment orchestré et prémédité par une caste dominante ayant décidé de se passer de l'avis du peuple, de ses droits et de ses besoins vitaux.

Une crise est passagère, on a mal, voir très mal sur le moment mais l'espoir ne disparaît pas et les solutions arrivent au bout d'un certain temps.
Pendant une crise, on voit rapidement la lumière au bout du tunnel mais à cette époque-là, quelqu'un avait visiblement éteint la lumière et nos espoirs s'étaient égarés dans l'obscurité.
Tout semblait perdu.
Plus aucun soulèvement ne devait voir à nouveau le jour.
Les derniers partis d'opposition avaient disparu et leurs membres avaient été exécutés en plein Paris pour que plus personne n'ait l'idée fantasque de recommencer à rêver et de proposer au reste du peuple un avenir différent que celui prévu par les As.
Ils avaient réussi leur coup, avec brio.
Les gens étaient résignés et obéissants.
Un troupeau d'agneaux dociles emmené par des bergers plus cruels les uns que les autres.
Un spectacle funeste dont je me serais bien passé.

Les Français avaient perdu leurs coeurs et leurs âmes en tournant le dos à leur identité et à leur histoire.

Seule une dizaine de familles bourgeoises, ayant prêté allégeance à ce régime tyrannique, étaient bien loties.

Elles avaient pu conserver une partie de leurs biens en échange de contributions pécuniaires chaque fois que la milice le leur demandait.

Le nombre de soldats grossissant année après année, il leur fallait donner de façon régulière.

La seule de ces familles à s'être indignée, après l'accroissement des cotisations obligatoires, avait été envoyée en camp de nutrition, ce qui avait calmé la fronde grandissante de ces riches contribuables.

"Quand les pauvres n'auront plus rien, ils voudront faire les poches aux riches !

C'est seulement à ce moment-là que les choses changeront.

Mais comme à chaque révolution, elles évolueront principalement pour les gens aisés, en prenant soin de laisser quelques miettes à la plèbe afin de ne plus l'entendre se plaindre.

La bourgeoisie n'aime pas que l'on lui rappelle ses torts et sa complicité avec les gens de pouvoir, tyranniques la plupart du temps." disait souvent mon père en voyant la situation économique du pays s'effondrer.

La nation toute entière marchait dans le même sens.
Une direction imposée à l'ensemble de la population mais qui ne profitait qu'à ses commanditaires, les As.

# Chapitre 2

Je suis sur le point de rentrer au pays.
Celui que j'avais fui en suivant Alice.

Cette petite blonde aux yeux bleus, toujours optimiste, m'avait redonné espoir à la mort de mes parents.
C'est elle qui avait ouvert la lettre de la milice m'annonçant leur décès suite à un accident cardiaque.
Accident cardiaque... Comme d'habitude...
Je ne voulais pas ouvrir ce courrier.
Par manque de courage sûrement ou peut-être parce que j'avais déjà accepté que le sort était jeté.

J'étais parti avec Alice en marchant le long des côtes et je reviens sans elle mais avec trois indiens qui n'osent toujours pas bouger sur ce navire pas très stable.
C'était la première fois qu'ils prenaient la mer et il leur a fallu une bonne heure pour oser parler après notre embarcation.

Je me suis réveillé au premier rayon de soleil et je vois désormais une côte jonchée de falaises abruptes.
J'avais pourtant demandé à ce pirate de nous conduire jusqu'à Marseille mais je ne reconnais rien.
Pourquoi ?

Je suis venu visiter cette ville il a longtemps, certes mais je ne vois plus d'immeubles qui n'aient pas pris l'eau, plus aucun pont, plus aucune maison.

Il fallait se rendre à l'évidence, Marseille était sous l'eau et le haut de cette île que nous contournions ressemblait beaucoup à la colline que nous avions gravie en l'hiver 2051.
Mes parents avaient souhaité me faire voir la mer avant que je n'entre au collège l'année suivante.

Je reste le regard fixé sur l'île et sur la grande tour qui la domine.
Les vestiges d'un bâtiment sans nul doute.
Ce n'est pas possible...
Qu'ont-ils fait ?
Notre-Dame-de-la-Garde est en ruines et sa statue a disparu.

Comme refusant d'y croire, je me retourne brusquement vers notre marin à la conduite peu délicate.
Sa casquette bleu pâle est restée de travers depuis notre embarquement et je ne l'ai pas vu la quitter depuis.
Il a changé de short, une fois, car cette fripe ne tenait plus qu'avec un morceau de ficelle en guise de ceinture.
Les jours où la ficelle cassait, le short se retrouvait sur ses chevilles en un rien de temps.
Ce n'était pas le sien à l'évidence ou alors, l'homme avait maigri, beaucoup maigri.

La vision de ses jambes poilues ou de son caleçon sale et troué répugnait Mushika, mais nous nous étions amusés à couper la ficelle une vingtaine de fois depuis notre départ, il y a deux mois.
Il faut bien dire que les distractions se faisaient rares sur le bateau et ce capitaine faisait les frais de notre ennui quotidien.
La nourriture manquait aussi. Il nous avait fallu nous rationner.
Une fois, nous avons pu manger autre chose que du poisson.
Un lézard baveux rencontré au détour d'un gros buisson sur l'unique île ayant jalonné notre périple maritime depuis l'Empire Arabique.

Nous avons traversé ce territoire hostile sans encombre malgré les conflits entre bandes rivales mais qui étaient toujours stoppés par une coupure d'eau que la police provoquait.
Elle assoiffait la population lorsque celle-ci commençait à être trop rebelle ou tout simplement excitée par un événement quelconque.
Le rationnement de l'eau potable était devenu la seule arme nécessaire pour calmer le peuple.

Étonnamment, nous n'avions pas vu une seule fois la milice en traversant ce grand pays.

Nous avions quand même dû prendre quelques précautions pour traverser cet empire remis au goût du jour suite aux événements de 2060.

Cette année-là, l'état d'Israël aujourd'hui décimé, avait appelé à l'aide l'Occident en raison d'une sécheresse record.

Les habitants s'étaient retrouvés sans rien à boire et une guerre civile que l'on avait appelée, "première guerre de l'eau", avait éclaté.

L'eau se raréfiant aussi en Occident, nous leur avions envoyé ce que nous avions en quantité industrielle, des sodas !

Les enfants d'Israël n'avaient plus soif mais très rapidement nous avions vu apparaître les premiers dégâts sur leur santé.

Ce pays se trouvant affaibli, les Palestiniens avaient appelé les autres Musulmans à s'unir pour reformer une armée et un empire en se faisant appeler " Les enfants de Saladin".

En reprenant le nom de ce glorieux personnage du passé ayant repoussé les Chrétiens durant les croisades, ils avaient réussi à fédérer les quelques récalcitrants en leur disant qu'Allah le leur avait demandé.

Six mois plus tard, l'ensemble des Musulmans avait adhéré à la cause des enfants de Saladin.

Leur but, disaient-ils, était de se réapproprier les terres que les Juifs leur avaient subtilisées après la seconde guerre mondiale sous ordre de l'ONU et de se partager ce grand territoire entre Sunnites et Chiites.

Une idée qui était déjà défendue par la plupart des Palestiniens depuis des décennies.

Ce fut chose faite en moins de deux mois grâce à l'arrivée des chars iraniens et saoudiens aux alentours de Jérusalem.
Le monde entier avait retenu son souffle, craignant que les Juifs ne se servent de l'arme atomique.
Cette idée fut abandonnée lorsqu'ils réalisèrent que l'utilisation de cette arme pouvait engendrer leur propre disparition ainsi que celle de leurs monuments religieux.

Et les Occidentaux ? me direz-vous, ils n'avaient pas bougé !
Sûrement avaient-ils eu peur de la menace saoudienne de stopper les livraisons de pétrole et les achats d'armes dont ils avaient besoin pour mener cette guerre éclair.

La cupidité occidentale l'avait emportée sur la morale et les livraisons d'armes s'étaient amplifiées.

L'Occident s'était alors contenté de proposer aux Juifs d'Israël de venir s'installer en Europe et aux États-Unis.
Les Juifs revinrent par milliers en Occident et la plupart des Musulmans s'installèrent en Empire Arabique.

Ce territoire musulman s'étendait donc de la Méditerranée jusqu'à la frontière indienne.
Le rêve de Saladin avait enfin vu le jour mais les conflits internes dus au manque d'eau s'intensifiaient année après année.

Nous avons traversé cet empire en soixante jours avec une mule, qu'Aman et Prakash arrivaient difficilement à diriger, et Mushika dont nous avions pris soin de cacher le moindre trait féminin.
Elle avait beaucoup pleuré lorsque je pris la pénible décision de lui couper ses longs cheveux noirs dès notre entrée sur ce territoire hostile.
Là-bas, être une femme était dangereux et nous ne pouvions prendre le risque d'attirer l'attention sur notre groupe de voyageurs clandestins.
Les femmes ne pouvaient pas marcher sans être accompagnées d'un homme et elles ne pouvaient boire ou manger avant eux.
Je ne peux imaginer la gêne et l'humiliation ressentie chez cette fille qui pouvait aller et venir dans son pays natal comme chacune devrait pouvoir le faire.

Nous n'étions pas chez nous et il fallait par conséquent se plier aux coutumes locales.
Nous l'avons fait mais il m'était impossible de ne pas trouver ces pratiques archaïques et complètement grotesques.

Nous avions transformé Mushika en un sosie d'Aman, celui qu'elle aimait tant.
Cette situation nous avait beaucoup amusés, à l'exception de Mushika et de son fiancé bien sûr.

Prakash, quant à lui, était resté fidèle à lui-même durant ce long voyage, discret mais curieux de tout.
Au point d'en être fatiguant...

Pour la première fois de leur vie, ces trois-là avaient quitté leur pays, avec une immense tristesse mais je les voyais grandir et s'épanouir de jour en jour.

Aman et Mushika avaient fêté leur dix-septième anniversaire sur le bateau et Prakash attendait ses quatorze ans avec impatience.
Malgré leur jeune âge, ils avaient déjà vécu trop de choses douloureuses et je les trouvais plus que courageux.

Oui, j'étais fier de les ramener avec moi, en France.
J'espère qu'ici, ils connaîtront enfin la paix qu'ils méritent tant.

# Chapitre 3

Marseille...
Je n'arrive pas à quitter ces ruines du regard.
Les étages encore émergés des immeubles semblent inhabités et délabrés. Leurs vitres ont en partie disparu.

Le marin sourit et lâche fièrement :
"_ Les choses ont bien changé n'est-ce pas ?"
Je dois m'assoir, vite.
Je suis comme assommé par ce que je viens d'entendre.
J'essaie pourtant d'en savoir plus et je commence à le questionner :
"_ Que s'est-il passé ? Pourquoi tout est détruit ?
_ Les révoltés ! Ils ont tout cassé pour récupérer quelques morceaux et les revendre au marché noir... Vendre aux collectionneurs, aux marchands, à qui leur en donnait un peu d'or !"

J'avais quitté l'Inde pour revenir dans mon pays mais la première chose que je vois de lui est défigurée.

Dans quel état se trouve le reste ?

Je n'ose pas y penser.
Je remarque que mes trois compagnons de voyage ne disent pas un mot.

Ils me regardent gesticuler comme un soldat paniqué à l'idée de rentrer au pays.
Peut-être pensent-ils que je suis trop excité à l'idée de revoir ce que j'avais laissé derrière moi il y a si longtemps maintenant.
Ou alors, ils ont compris ma détresse et mon chagrin en voyant ce bâtiment saccagé par des pillards.

Mes compagnons de route ont au moins la délicatesse de ne pas sourire.
C'est déjà ça.
Leur silence est presque un réconfort.

Nous continuons notre route, il nous faut naviguer jusqu'à Avignon.

Deux heures plus tard, le bateau s'arrête.
Je me lève et prends une grande inspiration.
Je saute sur le quai.
Je suis rentré au pays.

J'ai maintenant peur de ce que je vais y trouver mais surtout, j'ai peur de ne rien retrouver…

# Chapitre 4

Je cherche au fond de mon sac à dos.
Le voilà.
Mon portefeuille que je n'ai pas ressorti depuis notre départ.
Une liasse de billets et l'unique photo de mes parents que je conserve précieusement.
Je m'approche du capitaine qui gesticule dans tous les sens en regardant de gauche à droite puis de droite à gauche tel un garde du corps aux abois.

_" On avait dit 150 000 francs pour cette belle croisière non ?!" lui dis-je avec humour.
_" Non ! Vous m'aviez garanti de l'or ... Vos francs, vous pouvez les garder !" répond le marin énervé par cette tentative de négociation douteuse.
_" Du calme ! C'est le petit qui a ce que vous désirez."
_" Très bien ! Alors qu'on en finisse ! Je dois repartir au plus vite. Je serais bien resté à bavarder mais ma tête non plus n'est pas inconnue dans le coin !"

Cette dernière réplique me fait sursauter.
Ce marin d'expérience rencontré en pleine nuit au port de l'ancienne Tel-Aviv m'a reconnu.
Comment est-ce possible ? J'ai quitté la France depuis si longtemps !

_" 5 pièces d'or comme convenu et je m'en vais !"

J'avais trouvé ce prix dérisoire pour un si long voyage mais il nous fallait gérer notre budget car la route était encore longue jusqu'à la maison.

Prakash me tend la main et en sort la somme demandée par ce marin stressé.
Ce petit Indien avait toujours l'oreille en alerte et suivait la moindre de mes conversations.
Je n'avais jamais vu un enfant aussi curieux que lui, ce qui était parfois pratique mais la plupart du temps, cela me donnait l'impression désagréable d'être surveillé. Il s'accrochait de plus en plus à moi et j'en faisais autant.

Je l'entends souvent pleurer ou se réveiller en sursaut la nuit.
Je le serre alors un peu plus contre moi car c'est la seule chose que je puisse faire dans ces moments-là.
Je rêve aussi que mon père m'enlace dans ces instants de peurs et de doutes.
J'imagine qu'il doit revoir l'arrestation de ses parents comme il m'arrive aussi de le faire certaines nuits.
Nous avons ce point-là en commun.

Je n'ai jamais eu l'instinct paternel et l'arrivée soudaine de cet enfant dans ma vie me déstabilise quelque peu.
Je crains d'être parfois trop dur avec lui comme mon père l'était avec moi mais je commence à me faire à ce rôle de père de substitution.
Même si je ne remplacerai jamais celui qui lui manque tant aujourd'hui, je ne compte pas le repousser.

De quel droit pourrais-je refuser cette affection dans ce monde qui en manque tellement ?
Je n'ai pas grand-chose à lui offrir mais tellement à lui apporter.
Je pourrai déjà lui transmettre les choses que l'on m'a apprise même si son jeune âge est pour l'instant un obstacle.
Un jour viendra où il pourra comprendre.
Je me pose souvent des questions sur ce que nous vivons.
Est-ce que comprendre la situation actuelle et ses causes sont bénéfiques pour un homme du peuple ?
Ne vaut-il pas mieux lâcher prise, se soumettre à la volonté des puissants et vivre le temps qu'il nous reste sans penser à la justesse de nos actes et de nos opinions ?
Cela me paraît certaines fois plus sage et plus confortable comme position mais je me le refuse encore et toujours.
Pourquoi lui inculquer les valeurs du passé qui ne servent plus à grand-chose de nos jours ?
L'honnêteté, la bienveillance, le respect et l'humanisme ont quitté ce monde au profit de la jalousie, de la haine et de l'obscurantisme.
Je dois garder le cap et mes convictions, par respect pour mes parents qui sont morts pour leur sens de la justice et leurs pensées libertaires.
Transmettre une lueur d'espoir au cœur de la nuit pour qu'un jour la lumière ressurgisse de ces temps sombres que nous vivons.

Je reste malgré moi un doux rêveur et je me dois de laisser le meilleur de moi-même à ces trois indiens qui me suivent à la trace.
Eux pourront transmettre à leur tour ce flambeau jusqu'à ce que les choses changent et que la France redevienne le pays des Lumières et de la liberté.

Je reprends mes esprits car le capitaine du navire bouillonne devant moi.

_" Voilà ton salaire ! Mais avant... dis-moi comment connais-tu mon visage !"
_" Pas très difficile ! Il est encore sur le mur des révoltés... placardé sur chaque mairie ! Et tu es encore à une belle place... J'aurais pu te dénoncer mais tu m'offrais plus que la récompense qui est promise par les As et c'est une sorte de vengeance pour moi car ils ont arrêté mon fils l'an dernier." dit le marin avec un large sourire.
_" Mais je n'ai aucune valeur ! Pourquoi moi ?!"
_" Tu n'as peut-être aucune valeur mais chaque page copiée de ton livre se vend une véritable fortune au marché noir ! Je te souhaite bonne chance car tu en auras besoin si tu veux revenir chez toi !"
_" Mais pourquoi ?! Je te donne une autre pièce d'or si tu restes avec nous jusqu'à demain matin !"
_" Je ne suis pas fou à ce point Monsieur Thomas ! Je dois vous quitter !"

Je n'en crois pas mes oreilles et les ricanements de mes trois compagnons de route commencent à m'agacer profondément.
Je les entends répéter à tour de rôle "Monsieur Thomas" et cela ne fait que rajouter à ma nervosité.

_" Assez ! Taisez-vous !" leur dis-je en me dirigeant vers eux.

Je me retourne et le navire a déjà quitté le quai.
_" Un conseil ! Trouve un révolté ! Eux seuls pourront te ramener en vie chez toi ! Et garde tes billets pour faire un feu !"

Je prends cela avec humour car nous avons de l'or mais nous ne sommes pas riches au point de nous réchauffer avec des billets !

Je rejoins alors mes trois Indiens qui attendent sans dire un mot mais je comprends à leurs sourires que le "Monsieur Thomas" les a beaucoup amusés.

Le navire disparaît petit à petit dans l'obscurité.
Nous devons trouver un abri pour y passer la nuit.

Après de longues minutes à longer les murs dans cette ville étrangement silencieuse, Prakash s'arrête brusquement.

Au détour d'une rue sombre, il trouve enfin un recoin où nous pourrons passer la nuit.

Nous posons nos sacs à terre et je m'allonge en repensant aux paroles de notre marin effrayé.

Mon statut de fugitif que je croyais oublier de tous avait survécu à mon absence.
Pire, je suis devenu célèbre sans le vouloir et donc rapidement reconnaissable...

# Chapitre 5

Il fait un peu froid et comme à son habitude, Prakash vient se blottir contre moi en serrant sa gourde contre sa poitrine.
Mushika donne un dernier baiser à son amoureux et nous nous endormons sans dire un mot.

Demain, il nous faudra reprendre notre route en prenant soin de ne pas être reconnu pour ma part.

En quittant leur pays, mes trois compagnons ont perdu cette angoisse d'être reconnus par un soldat.
Cette peur d'être découverts par la milice et de retourner en camp de nutrition les a quittés.
Ici, personne ne connait ces trois gamins et personne ne les traquera.
Ils sont libres, moi non.

J'aimerais maintenant retourner sur ce vieux bateau.
Au moins, au milieu de la mer, personne ne pouvait nous atteindre.

Je dois dormir.
La journée de demain sera longue.

# Chapitre 6

Des bruits de bottes que je connais trop bien me réveillent.
Mon cœur bat à toute allure.
Nous avons trop dormi.
Le soleil est déjà haut dans le ciel et mon dos me fait mal. Sûrement les séquelles de mes jours de captivité au camp et des coups de matraque.

Les bruits s'éloignent et je regarde Mushika qui dort encore dans les bras d'Aman qui peine à ouvrir les yeux.

Prakash !
Où est-il passé ?!!
Sa gourde est là, à côté de moi.
Jamais il ne serait parti sans sa gourde.

Aman se lève d'un seul coup et laisse la tête de sa fiancée taper le sol.

_" Du calme mon ami ! Les soldats sont tout près !"
_" Mais où est mon frère ?!" me réplique Aman tout affolé.
Je le retiens par le bras et le plaque contre le mur qui nous sépare de la rue où viennent de passer les soldats.

_" Je n'en sais rien mais il n'a pas dû aller bien loin. Calme-toi ! On va attendre un peu et je ferai le tour du quartier pour le retrouver. Ne t'inquiète pas !"

Aman revient vers Mushika encore sonnée par ce violent réveil.
Les trois adolescents n'ont pas encore compris qu'ici aussi, la milice est partout.

Derrière le mur, des sifflements et des pas qui se rapprochent dangereusement.
Je retiens ma respiration.

Prakash !

Ce gamin va me rendre fou !

_"Mais où étais-tu ?!" dit Aman d'un ton agacé.
Prakash baisse la tête puis sourit un peu.
Il cache quelque chose dans son dos.
Une dizaine de dattes. Nos estomacs affamés n'en demandent pas autant.
Nous dévorons ce petit déjeuner surprise sans rechigner.

_"C'est gentil de ta part Prakash mais ne refais plus jamais ça ! Nous devons rester ensemble, comme avant !"
_"Je sais mais j'avais trop faim et je n'arrivais plus à dormir ! Mon ventre gargouillait trop !"

_"Où as-tu volé ces dattes ? Nous devons être discrets ! Si l'un de nous se fait prendre par les soldats, les autres ne pourront rien faire. "

Prakash, comme souvent peu attentif à ce que disent les autres, se penche alors pour récupérer sa précieuse gourde et réplique d'un air malicieux :
_"Oui je sais mais sans moi, nous aurions encore faim!"
Il était fier de lui et nous aussi même si ce vol à l'étalage aurait pu le mener au cachot.

Nos dattes finies, nous reprenons la route.
Pour ma part, je prends soin de cacher un peu mon visage tout en m'interrogeant sur notre festin matinal. Ce pays est devenu si chaud que l'on y cultive désormais les dattes...
Prakash part devant tout le monde.
Le goût de l'aventure et sa curiosité lui donnent des ailes même s'il ne sait pas du tout dans quelle direction se trouve notre but : ma maison en Savoie.

J'ai peu d'espoir de la retrouver en bon état et inoccupée.
La moindre maison inhabitée est souvent louée ou vendue par un voisin en manque d'argent, quand elle n'est pas réquisitionnée par la milice pour y loger ses hommes.
Je revois encore quelques scènes de vie familiale et des instants où mes parents se disputaient pour je ne sais quelle raison.

Bien qu'elle me rappelle des instants douloureux comme le jour où l'on a vu les soldats enfoncer la porte d'entrée pour venir chercher mes parents, j'aime toujours autant cette petite maison.
Les moments de joie avec ma sœur et notre chien.
J'espère aussi les revoir au plus vite.
Cela fait si longtemps et même si avant mon départ notre lien familial s'était un peu tendu, je prie pour que les soldats les aient laissés tranquilles.
Nous étions loin de ces jours où l'on passait notre temps à jouer ensemble, mais l'amour qui nous unissait est encore présent aujourd'hui.

Bien que nos points de vue différents sur la situation du pays avant mon départ nous eussent éloignés, je pense encore à elle chaque jour.
Après l'arrestation de nos parents, elle avait fait le choix de collaborer et de trouver des compromis avec la milice.
En ce qui me concerne, je me refusais à un tel pillage de notre patrimoine si durement construit par nos aïeux.
J'avais préféré louer à bas prix et même vendre à nos voisins ou amis, les quelques biens que nous possédions plutôt que de les laisser aux mains des soldats.
J'avais réussi à cacher mes modestes économies, environ deux cent mille euros, dans le faux plafond de ma chambre avant l'arrivée de la milice mais ces billets ne valent désormais plus rien.
Le franc avait remplacé l'euro un an après mon départ et je n'avais pas emporté mon argent avec moi.

Mon épargne avait perdu sa valeur dans sa totalité car je n'avais pas pu changer mes euros contre ces nouveaux francs.

Le litre de lait coûtait maintenant mille francs et un pain au chocolat deux mille.
Depuis la dernière crise, les prix avaient flambé et l'épargne de mes parents avait fondu comme neige au soleil.
Leur vie de travail et de privation pour mettre de l'argent de côté ne représentait dorénavant plus qu'un tas de papier soigneusement empilé.
Un changement monétaire si soudain était une première dans l'histoire.
Les gens avaient disposé de trois mois pour échanger leurs euros contre des francs.
Pendant cette période, on échangeait un euro contre soixante-dix centimes de franc.
Les prix étant restés les mêmes, cela consistait à spolier les épargnants de 30%...
Un matraquage médiatique intense fit passer ce changement brutal de devises comme une bénédiction face à l'inflation galopante et l'appauvrissement de la population.
Ils avaient changé la monnaie comme on change les cartes dans une partie jouée par des tricheurs.
Il est inutile de reprendre la partie avec des cartes différentes sans remplacer les joueurs qui n'ont pas respecté les règles.
Ce sont les joueurs qui trichent avec les cartes et non l'inverse...

Vous pouvez appeler votre monnaie comme bon vous semble, l'essentiel est la façon dont vous l'utilisez !

Imprimer des euros ou des francs pour résoudre une crise, c'est tout ce que nos gouvernements savaient faire.
Ce n'était pourtant pas la première fois qu'ils s'adonnaient à une telle bêtise et "c'est là que résidait leur folie, faire les choses de manière semblable et en attendre un résultat différent..."
Comment peut-on croire que créer de l'argent à partir de rien pouvait sauver une économie en déclin ?
Cet argent fraîchement imprimé n'était même pas injecté dans l'économie réelle mais partait directement dans le monde boursier où la spéculation avait remplacé l'investissement dont nos entreprises avaient besoin.
La cupidité immodérée de nos élites passait avant notre bien-être collectif et la stabilité des prix.

Mon père, qui avait si longtemps imploré le président de ne pas refaire la même erreur, en a payé de sa vie. Ma mère l'avait accompagné sous les coups des soldats et ils ne revinrent jamais du camp de nutrition.

Je me rappelle encore de ce jour et des paroles de mon père quand il reçut l'appel téléphonique du président.

_" Monsieur le Président, vous ne pouvez pas faire ça ! Il faut absolument réguler la création monétaire en revenant à l'étalon-or* au niveau des états, comme ce fut le cas dans le passé !

Ensuite l'argent papier créé doit être périssable pour éviter tout stockage à long terme et forcer la circulation de la monnaie afin de relancer notre économie !

Si vous ne prenez pas cette décision, un jour, nous sortirons tous avec une brouette de billets pour acheter une baguette de pain !"

Le président avait alors raccroché et ma mère ne put retenir les sanglots de mon père qui refusait de lâcher le téléphone.

Les soldats avaient enfoncé notre porte deux heures plus tard et je compris pourquoi mon père tenait tant à cacher nos économies.

Sa libre pensée, son savoir et sa franchise envers le président nous avaient mis chaque jour un peu plus en danger.

Ma première année d'études en économie comme l'avait souhaité mon père ne me fut pas d'un grand secours pour expliquer un sujet aussi complexe que la monnaie et son rôle dans notre quotidien.

C'est en écoutant les cours du soir que donnait mon père à ses élèves en difficultés que je compris l'importance du sujet.

*"Étalon-or"= système monétaire où la valeur de la monnaie dépend directement de la valeur de l'or.

La quantité d'or disponible étant limitée, cela permet de réguler la quantité de monnaie afin de maîtriser sa valeur.

Un billet est convertible en or et vice et versa.

Impossible de créer plus de monnaie que l'on extrait d'or.

Ainsi, la monnaie reste stable et garantit la confiance du peuple envers elle.

Si un vendeur n'est pas certain de pouvoir payer quelqu'un ou quelque chose avec le billet qu'il reçoit, il le refusera et le cercle économique sera brisé.

On parle alors de mort de l'économie…

Sans échange entre les gens, une société n'a plus de raison d'être…et elle disparaît.

# Chapitre 7

Cela fait deux heures que nous marchons et mes chaussures trouées me font de plus en plus mal.
Je n'ai trouvé aucun marchand susceptible de mettre fin à ma douleur.
Une chose me frappe depuis que nous traversons Avignon.
Il y a énormément de monde. Nous devons être dimanche ou jour de fête car personne ne semble travailler et les magasins sont clos ou laissés à l'abandon.
Les vitrines sont cassées et les étagères vides comme si les propriétaires étaient partis dans la précipitation.
La plupart des gens sont sales et habillés en haillons.
La pauvreté n'a fait que s'intensifier durant mon absence et ce que je vois de mon pays ne ressemble plus du tout à ce que j'avais quitté.
Le centre-ville ressemble à un souk avec une centaine de vendeurs de rue mais aucun ne vend de chaussures à ma taille.
Nous devons nous arrêter régulièrement pour soulager mes pieds et nous mettre à l'ombre.
La chaleur est étouffante.
Je vois bien que mes trois compagnons de route s'impatientent mais ils ne disent rien.
Ils regardent autour d'eux sans arrêt.

Il faut dire que ce qu'ils voient pour l'instant ne ressemble pas du tout à ce que je leur avais décrit de mon pays.

Je leur avais dit qu'ici, il n'y avait pas autant de monde qu'en Inde et la foule présente dans chaque rue que nous empruntons me fait mentir.

Il doit y avoir maintenant plus de deux milliards d'Indiens et je constate désormais que la population française n'a pas diminué non plus.

Combien sommes-nous sur cette planète en surchauffe depuis un siècle ?

La chute de la natalité au moment du virus n'a fait que ralentir les choses visiblement.

Les soldats !
Vite il nous faut repartir !

Prakash m'aide à me relever et je vois bien que ma démarche de vieillard l'amuse autant que son frère.

Mushika reste en retrait depuis notre arrivée.

Je la vois regarder les autres filles que nous croisons avec une grande attention.

Je vais attendre de sortir de la ville pour bavarder avec elle. Elle doit parfois se sentir seule malgré la protection d'Aman qui ne la lâche pas d'une semelle. C'est la seule femme de notre expédition et je n'ai jamais pris le temps de lui expliquer les différences qu'il existe entre son pays et celui-ci.

Pour l'instant nous n'avons pas encore croisé de filles en robe ni en jupe.

Son statut de femme lui avait empêché de prendre la moindre décision et son style vestimentaire lui avait

été imposé comme aux autres filles depuis la naissance.
La moindre notion de féminisme était quasiment absente en Inde et l'arrivée de la milice et de leur intolérance n'avait pas arrangé la condition féminine.

J'imagine qu'il lui faudra un peu de temps pour s'accoutumer à la liberté dont elle dispose maintenant.

Nous arrivons à la sortie d'Avignon et je dois constater que la ville a vu sa population exploser.
La ville étant devenue un énorme port de Méditerranée, sa superficie s'étend jusqu'à un petit kilomètre d'Orange.

Depuis plusieurs minutes, j'ai l'étrange et peu rassurante sensation que quelqu'un nous suit.
Je me retourne brusquement, en effet, une silhouette se précipite derrière un pilier de béton.

Mes trois compagnons n'ont rien vu et me regardent d'un air dubitatif.
Je leur fais signe d'avancer plus rapidement mais c'est moi qui les retarde de toute évidence.
Je me presse donc.
Je me retourne à nouveau.
Maintenant, c'est sûr, nous sommes suivis...

# Chapitre 8

Aman et Mushika ont compris et marchent désormais à vive allure.
Prakash me tient la main en se retournant toutes les trente secondes.
Soudain, il s'arrête net.

_"C'est un enfant !" lance-t-il alors.
En effet, un jeune homme brun à la veste en lambeaux nous rattrape.
Il doit avoir le même âge que nos deux amoureux.

_"Vous allez où ?"
_"Nous venons d'arriver au port et nous allons vers le nord." lui répond Aman.
_" Vers le nord ?!
_" Oui nous allons chez notre ami, dans les montagnes!."
_" Dans les montagnes ?!! Mais…mais c'est impossible! Ils vont vous tirer dessus dès qu'ils vous verront vous approcher de la première frontière sans autorisation!"

Je ne comprends rien de ce que nous dit ce jeune au visage rougi par le soleil et aux pieds nus aussi sales que ses vêtements.
Il doit être midi et la chaleur n'arrange rien à mon supplice.

41

Je n'ose pas lui demander où trouver un vendeur de chaussures.
De toute évidence, il n'a rien acheté de tel depuis des années.
Cet adolescent à la voix grave n'a pas l'air méchant mais plutôt curieux de voir de nouvelles personnes dans cette ville pourtant bondée de monde.
Il est vrai que mon sac à dos qui me tasse les épaules, la gourde pendue autour du cou de Prakash et les deux balluchons sur le dos d'Aman et Mushika nous font passer pour quatre vagabonds.
Ce jeune homme pressé de venir à notre rencontre me dévisage ainsi que Mushika.
Il est vrai que cette beauté n'a laissé personne indifférent depuis le premier jour de notre exode.
Je profite de le voir désemparé par le charme de notre belle indienne pour lui poser les questions qui me brûlent les lèvres.

_" Comment t'appelles-tu ?"
_" Arthur et vous ?"

Je continue alors les présentations et je suis étonné de le voir relever brusquement la tête à l'annonce de mon prénom. Je coupe court à ce bref instant de silence.

_" De quelle frontière parles-tu ? Nous allons en Savoie, pas en Suisse !"
_" La frontière des 500 bien sûr !"

Il fronce alors les sourcils.

_" Vous n'avez jamais entendu parler de la frontière ? Vous venez d'où ?"
_" Nous venons de l'Inde."
_"C'est un pays ça ?"
_" Oui un pays, en Asie."
_" Jamais entendu parler !" dit Arthur qui se frottait sans arrêt le bras en grimaçant.
_" Donc, c'est quoi cette fameuse frontière ?"
_"Il y a trois frontières voyons!Tout le monde sait ça !"

Je me mets aussi à froncer les sourcils.
Je ne comprends absolument rien à ce que dit cet ado maigrichon qui a visiblement oublié ses cours de géographie.
Je commence à me demander si cet autochtone n'est pas en plein délire mais c'est la première personne à nous parler depuis notre arrivée alors je continue mes questions qui le perturbent de toute évidence.

_" Explique nous les trois frontières s'il te plaît !"

Après un long soupir, Arthur s'exécute.

_" Il y a une frontière à 500 mètres, une autre à 1000 mètres et on m'a aussi parlé d'une troisième frontière à 2000 mais personne ne l'a vue ! C'est juste une histoire que les adultes racontent aux enfants pour les endormir. Mon père m'avait toujours promis qu'un jour, si l'on devenait riches on pourrait y aller et même y vivre !"

Je ne comprenais rien et de toute évidence, mes trois compagnons de route non plus.

_"Ils sont tous comme ça dans ton pays ??!" dit Prakash d'un air moqueur.

Aman et Mushika se mordent les lèvres pour ne pas éclater de rire.
Devant la tête agacée du jeune homme qui tentait en vain de nous expliquer cette histoire de frontières, je repris l'interrogatoire, un peu gêné par la situation.

_" Je suis désolé mais je ne comprends pas mon grand..."
_" Il y a une frontière à 500 mètres d'altitude, une autre à 1000 mètres et... peut-être une dernière à 2000 mètres d'altitude !"

Je suis estomaqué par ce que je viens d'entendre et le sérieux avec lequel Arthur nous annonce cela ne me rassure pas.

_" Mais pourquoi des frontières liées à l'altitude ?"
_" Pour l'eau et la nourriture voyons !"
_" Pardon ?!!"

Je n'en reviens pas.
Je prends alors ce jeune homme par le bras pour nous mettre un moment à l'ombre. Mes trois compagnons nous suivent sans dire un mot.

Je m'assois au pied d'un grand chêne asséché et notre nouvel ami s'agenouille devant moi comme si ce qu'il allait me dire par la suite allait me déplaire.
Après une grande inspiration, Arthur reprend son exposé.

_" Ici, plus rien ne pousse ! Depuis plusieurs années, avec cette chaleur et cette pollution, les légumes et les fruits sont devenus immangeables.
Quand j'étais petit, j'adorais les pommes mais maintenant, elles sont devenues aussi acides qu'un citron !
Il faut aller en altitude pour cultiver le moindre fruit.
Mon père dit que c'est l'eau le problème et ma mère dit que c'est la pollution alors moi, je dis que c'est un peu les deux !
_" Mais pourquoi des frontières ?"
_" Parce que l'eau potable coûte une fortune et les riches la garde pour eux ! Regarde, je me gratte tout le temps car l'eau ici n'est pas bonne et je ne te raconte pas l'été... on a tous mal au ventre !"
_" Comment ça ? Ils la gardent pour eux ?!! Ça veut dire quoi ? Ils ne vivent pas ici ??"
_" Ahh non ! Plus tu es riche, plus tu peux habiter en altitude !
Ils paraît même qu'ils mangent encore du poisson ! C'est fou non ?! Enfin... c'est ce que les gens disent en tout cas..."

Son histoire de poisson n'est pas si folle que ça car avant même mon départ de France, le poisson se faisait déjà rare.

Ce que me raconte notre jeune professeur me glace le sang mais je ne peux m'empêcher de le questionner encore.
_" Continue ! Dis-moi comment on passe la frontière car ma maison est en altitude..."
_" Il faut payer la taxe d'élévation au moment où tu passes la frontière. Ils appellent ça comme ça car passer la frontière équivaut à t'élever dans la société ! Plus tu es riche, plus tu bois de l'eau pure et des aliments de bonne qualité !"
_" Sans vouloir t'offenser, ceci n'est pas nouveau..."
_" Oui mais ça doit être cool de ne pas se gratter toute la journée..." dit Arthur en souriant.

Cet ado est plein de rêves et d'insouciance.
Sa fraîcheur malgré son quotidien difficile me plaît beaucoup. Il ressemble beaucoup à Prakash de ce point de vue-là et leur condition de vie depuis l'enfance est quelque peu semblable.
Prakash est maintenant très riche bien sûr, mais il a perdu ce dont un enfant a le plus besoin, des parents aimants.
Son âge l'empêche sûrement de prendre conscience des choses que peuvent lui apporter sa richesse.
Avec autant d'or, il pourrait soulever une armée et déstabiliser le pouvoir en place... mais les Français ne sont-ils pas déjà trop résignés pour se lancer dans une folie de ce genre ?

Arthur, lui, fait partie des gens pauvres de ce pays mais, sous ses airs de Gavroche, il semble avoir des parents attentifs à son bonheur, si fragile soit-il.

Ils souffrent tous les deux, d'une façon différente certes, mais leur joie de vivre est communicative et me réchauffe le cœur, tétanisé par les paroles de cette nouvelle rencontre.

_" Combien coûte le passage de frontière ?" dis-je alors.
_" Beaucoup d'argent ! enfin… c'est ce que m'ont répondu mes parents quand je leur ai demandé d'aller en zone 3. Ça m'aurait fait un beau cadeau d'anniversaire mais ils devaient déjà payer la protection de la milice."

Je sentis les corps de mes trois compagnons de route se raidir à l'écoute de cette sinistre nouvelle.
La milice, ici aussi, il va falloir vivre avec ces bourreaux.

_" La milice vous protège ?!" lance alors Aman aussi effrayé qu'étonné.
_" Oui ! Depuis les émeutes de l'an dernier, la milice a offert sa protection aux habitants de la ville en échange de travaux d'entretien de leur matériel et de la réquisition des armes qui restaient en leur possession.
Ceux qui n'avaient pas d'armes et qui ne pouvaient pas travailler ont offert certains services aux soldats."
_" Quel genre de services ? " rétorqua Mushika.
_" Certains ont donné les noms des derniers opposants, ont offert leur bétail et d'autres comme mes parents ont donné un enfant…"

_" Un enfant ?!!! Tes parents ont donné un enfant ?? Mais à qui ?!! " lance Prakash tout aussi effaré que moi par la monstruosité avouée par Arthur avec une légèreté déconcertante.
Arthur continue de plus belle avec un détachement qui me fait froid dans le dos.

_" Ben oui ! ma petite sœur Sophie ! Les soldats sont venus la chercher quand elle avait six ans... mon père était content d'avoir une bouche de moins à nourrir et ma mère était rassurée de recevoir la protection de nos vaillants soldats ! Il m'arrive parfois d'y penser quand je me sens seul et que personne ne veut jouer avec moi mais elle est sûrement plus heureuse là-haut!"
_" Là-haut ? " demande alors Mushika
_" Oui ! en zone 2 ! Tu imagines la chance qu'elle a ! Il paraît que l'on peut voir des oiseaux ! On peut manger ce que l'on veut et boire quand on veut !"
_" Pourquoi ? Vous ne pouvez pas boire quand vous voulez ici ?" demande Aman.
_" Ben si ! Quand il y a encore de l'eau ! La milice nous livre une fois par semaine alors il faut économiser... Il y a bien l'eau des caniveaux mais elle sent trop mauvais !"
_" Mais il n'y a plus d'eau au robinet ?? " lui demandais-je alors.
_" Plus depuis longtemps ! L'entretien du réseau d'eau coûtait trop cher aux As car nous étions trop nombreux et la chaleur a fait mourir le bétail dans les fossés, ce qui a contaminé l'eau. Mon père est le responsable du réseau d'eau de la ville. Je sais tout ça

car c'est lui qui a conseillé à la milice d'arrêter de dépenser autant d'argent pour les pauvres ! " dit alors fièrement Arthur.

Autant de résignation, d'inconscience et de servitude volontaire me laisse soudainement sans voix.
Je ne sais même pas comment un quotidien aussi ignoble peut être décrit avec autant de légèreté.
A l'entendre, ce quotidien injuste et inégalitaire paraît normal.

Mes trois Indiens me lancent alors des regards insistants comme s'ils étaient en train de me reprocher de les avoir conduits dans un pays bien pire que le leur.
Je dois avouer que l'on était très loin du pays que je leur avais décrit lorsque nous étions encore en Inde.

Ce que nous raconte Arthur me bouleverse mais je dois en savoir un maximum pour atteindre mon but, revoir ma maison et ce qu'il reste de ma famille.

Après un instant de silence, pour digérer ce que nous venions de découvrir, Aman prend alors la parole.

_" Tu dis qu'il existe deux frontières mais nous sommes en zone 4 donc, il doit y avoir quatre zones et trois frontières non ?"
_" Je n'en sais rien ! Je n'y ai jamais réfléchi ! Je sais juste que mon père est allé en zone 3 une fois et que ma sœur est en zone 2...

Les soldats étaient venus à la maison un dimanche pour apporter à mon père une invitation de la part des As !
Un cadeau pour le remercier de ce qu'il avait fait pour eux durant cette année-là.
Il avait réussi à donner une liste de vingt "révoltés" ainsi que le prénom de leur chef ! Les As étaient si contents qu'ils lui ont offert une semaine en zone 2 ! Tu imagines la chance ! "

Arthur est fier de son père comme je suis fier du mien mais les raisons pour lesquelles il admire le sien me répugnent.
Son père avait choisi de collaborer avec la milice et de dénoncer ses semblables pour s'assurer la protection des As et une semaine de voyage en zone 2 !
Quel courage !
Ce père de famille représentait tout ce que j'avais combattu et même maudit avant mon départ de ce pays.
Alice était plus indulgente que moi avec ce type de comportement. Elle essayait toujours de trouver des circonstances atténuantes à ces traîtres. Cela m'exaspérait et donnait lieu à de vives disputes au sein de notre couple.
Je ne trouvais aucune excuse à ces individus dénonçant les autres pour obtenir une certaine clémence des soldats mais aussi pimenter leur existence sans pour autant la mettre en danger.
J'avais mené, avec quelques autres "révoltés", une dizaine d'expéditions punitives contre certaines

personnes mais nous n'avons jamais été jusqu'à les tuer.
Pourtant, ce n'est pas l'envie qui nous en manquait mais nous ne voulions pas sombrer dans les mêmes crimes que nous dénoncions.

L'absence d'humanisme devait rester de leur côté.

_" Thomas, nous devrions avancer maintenant car il nous faudra encore trouver un abri pour la nuit." dit Mushika avec sagesse.
_" Tu t'appelles Thomas ?! Comme le chef des déserteurs ?! Celui qui a écrit le livre des révoltés ?!" demande sèchement Arthur.

Celui-ci se dresse tout à coup en me dévisageant. Je le vois froncer les sourcils à nouveau puis il s'enfuit alors en courant.
Ce jeune homme m'a reconnu.
Il nous faut partir sans tarder.

# Chapitre 9

Nous remontons le long du Rhône.
Le fleuve est très sale.
Des détritus en tout genre stagnent sur les deux berges. Cela me rappelle les fleuves indiens souillés par les déchets domestiques et les cadavres d'animaux.
Une odeur pestilentielle me dévore les narines.
Une brume opacifiante nous empêche de voir à plus de deux cents mètres.
Même si nous ne pouvons rien distinguer de ce qu'il y a devant nous, nous devons avancer.
Mon pays est devenu hostile et dangereux.
Nous ne pouvons rien anticiper, et encore moins un barrage de soldats.

Nous arrivons au niveau de la ville d'Orange qui a apparemment été absorbée par Avignon.
La nuit tombe.
Je m'allonge près d'un lampadaire et Prakash vient se blottir contre moi.
L'éclairage public ne fonctionne plus.

Au loin, une grande tour rouge avec un phare à son sommet, balaye la ville d'une rai de lumière incessant.
Le soleil n'est pas encore levé mais Prakash est déjà réveillé et je le vois piétiner devant Aman et sa belle.

Il est toujours excité par l'idée de voir ma maison et de découvrir ce pays qui me fait de plus en plus peur.
Son optimisme n'a pas pris une ride depuis que nous avons quitté l'Inde.
Sur le bateau, je le voyais souvent faire les quatre cents pas lorsque j'ouvrais les yeux au lever du soleil.
Mushika était toujours la dernière debout et cela n'a pas changé.
Depuis notre arrivée en France, je la sens complètement désorientée.
Elle suit notre petit groupe sans jamais lâcher la main de son amoureux comme un alpiniste relié à sa ligne de vie.

Aman lui, a un peu changé.
Il a perdu du poids et parle peu. L'attitude très protectrice qu'il avait avec son frère cadet a quasiment disparu au profit de son attachement très fusionnel à sa bien-aimée.
Il a grandi.
C'est peut-être tout simplement ça ou s'est-il rendu compte que Prakash n'était plus aussi dépendant à sa présence fraternelle.
Je le vois parfois me regarder avec un peu de jalousie lorsque son jeune frère vient contre moi pour s'endormir.

_" Tu viens ? On y va ? " dit Prakash en me secouant.

Je suis le dernier de la troupe à me réveiller.

Prakash est déjà surexcité par cette nouvelle journée de voyage et les deux amoureux s'embrassent, avec toujours autant de pudeur.

Nous reprenons notre route.
J'espère arriver vers Pierrelatte en fin de journée.
J'ai un ami là-bas et j'aimerais le revoir. Pourvu qu'il soit toujours en vie.
On pourrait dormir chez lui comme je l'ai fait lors de mon voyage aller avec Alice.
Nous ne savions pas où dormir et ce brave homme nous avait offert le gîte et le couvert en échange d'une simple corvée jardinière.
Nous avions passé une soirée fantastique avec ce vieux routard qui avait plein de récits de voyage rocambolesques à raconter.
Il était plus jeune que mon père mais il avait connu les avions et même conduit un train lorsqu'il était encore en âge de travailler.
Ces modes de transport énergivores avaient été abandonnés lorsque nos centrales nucléaires avaient tiré leurs révérences.
Il n'y avait plus assez de carburant nécessaire aux véhicules chargés de ravitailler les centrales et d'évacuer leurs déchets.
Ce fut le début de notre déclin.
L'eau devenant aussi de plus en plus rare, nos gouvernants avaient alors fait le choix de la préserver pour la population et non pour refroidir les réacteurs ou stocker les déchets sous quatre mètres d'eau.
Au début de cette sécheresse, on avait choisi d'acheminer l'eau de mer vers les centrales en

camions puis on la dessalait avec d'immenses machines dont je ne me souviens plus du nom.
Ces engins fonctionnant au gasoil comme les camions qui transportaient l'eau, ils durent être arrêtés lors de l'épuisement des puits de pétrole trois années plus tard.

Il fallait se rendre à l'évidence, les énergies nucléaires et pétrolières qui avaient permis notre croissance exponentielle étaient à bout de souffle.

Suite à ces catastrophes en série pour notre économie, le pays a sombré très rapidement dans un effondrement de notre mode de vie.

Les derniers stocks de pétrole ont été réquisitionnés par la milice qui comptait garder une certaine vitesse d'intervention face aux révoltes grandissantes et par conséquent, la maîtrise du peuple.
Mon père m'avait fait part de cette théorie et j'ai réalisé des années plus tard qu'il avait tout compris avant les gens qui l'entouraient.
Il disait que celui qui pouvait se déplacer plus rapidement que les autres, détenait une suprématie non négligeable sur le reste de la population.
Il pourrait ainsi aller plus loin et transporter plus de choses qu'une simple personne sur ses deux pieds.
En effet, celui qui peut se rendre à un endroit plus rapidement que les autres, pourra se servir en premier et prendre le contrôle de ce lieu et de ses ressources.

La colonisation par le passé en avait été un parfait exemple.
L'homme occidental avec ses armes, ses véhicules, et ses ambitions cupides n'avait pas mis longtemps pour prendre le dessus sur les pays moins développés.

La milice et ses véhicules avaient besoin de carburant pour mater la rébellion, interpeler rapidement les opposants au régime autoritaire qu'elle mettait en place et ainsi asservir la population comme bon lui semblait.

Après huit heures de marche, nous arrivons devant la maison de Winston, mon ami anglais que j'ai hâte de retrouver.

# Chapitre 10

Je frappe à la porte.
Une voix grave et des bruits de pieds qui traînent se rapprochent.
La porte s'ouvre dans un grincement.

_" Winston !"
_" Que fais-tu là ??!! Tu es fou de venir chez moi ! "

Le vieil homme ne m'avait pas habitué à un tel accueil.
Je reste sans voix.
Winston me prend violement par le bras et me tire à l'intérieur.
Je me retourne et je vois le visage tétanisé de Prakash. Aman et Mushika sont aussi sous le choc, transis par la brutalité de notre hôte que j'avais décrit la veille comme quelqu'un de gentil et d'hospitalier.
Le vieil homme en panique claque la porte derrière nous et m'enlace avec force.
Je ne reconnais pas son attitude.
Ce comportement ne lui ressemble pas.

_" Désolé pour ces retrouvailles un peu rudes mais les choses ont beaucoup changé depuis ta dernière visite mon ami. Les gens sont devenus fous !"

Il me paraît, lui aussi, avoir reçu sa dose de folie, comme tout le monde...
Peut-être a-t-il changé ?
Avoir réussi à transformer ce vieil anarchiste sans vergogne en un être peureux me semble inconcevable.
J'ai tellement vu de gens honnêtes et courageux changer face à la milice et la torture qu'elle employait si souvent, que je peux m'attendre à tout désormais.

Je dois rester méfiant même si une telle attitude est difficile à adopter avec un ami comme celui-ci.

Ce britannique arrivé en France au lendemain du Brexit et de son sixième anniversaire, était quelqu'un de valeureux et n'avait pas l'habitude de mâcher ses mots.
Nous nous étions un peu disputés lors de ma dernière venue au sujet du Brexit, de ses causes et de ses conséquences.
Nous avions passé une soirée animée.
Des récits de voyage de notre hôte et des débats politiques souvent interrompus par des moments d'humour, grâce à Alice qui avait joué l'arbitre, amusée par ce combat de coqs qui s'emportaient de temps à autre.
Des moments de vie, de partage et de discussion qui étaient déjà interdits en public à cette époque.
Les As n'aimaient pas les rassemblements de la populace, bien trop dangereux pour eux...
Il leur fallait faire cesser tout débat ou dialogue entre les gens et étouffer tout courant de pensée pouvant

remettre en cause leur légitimité, encore bien trop faible dans ces années-là.
La soirée de débats mémorables que nous avait fait passer Winston, nous aurait conduits au cachot si la milice en avait eu écho.
J'étais pour ma part, assez fasciné par le courage et le choix des Anglais de quitter l'Union européenne.
Je pensais qu'un peuple véritablement souverain, délivré de ses chaînes, avec des dirigeants qui lui obéissent, était un peuple qui faisait preuve de fierté, de lucidité et restait surtout libre de choisir son destin.
Je lui avais dit que, sur le long terme, une nation indépendante et faisant ses propres choix saurait relever la tête plus vite qu'un pays devant attendre l'accord de ses vingt-cinq frères ennemis.

Winston pensait différemment.

Il disait qu'au moment du Brexit, les britanniques s'étaient retrouvés seuls et que le fait de vouloir se passer de l'aide que nous proposait les As lors de la grande crise, était un suicide assuré.

A plusieurs reprises, il m'avait répété :
"Seuls, on n'est rien ! Ensemble, on est forts ! Seuls les irresponsables refusent la main qu'on leur tend !"
La propagande sans relâche des As avait fait son lot de convertis mais surtout son lot de victimes.
Même si la suite des évènements me donnait raison, je restais sur ma faim de n'avoir pas su convaincre cet

expatrié, aveuglé par vingt années de discours fédéralistes et mensongers.


C'est à ce moment-là qu'Alice était intervenue entre nous pour apaiser les choses, trouvant des bons arguments en chacun de nous.
Elle avait su détendre l'atmosphère par quelques jeux de mots et un zeste d'ironie qui me manquent tant aujourd'hui.
Elle savait concilier les hommes, même les plus coriaces.
Winston et moi en étions le parfait exemple.
Elle avait ce don de diminuer les tensions, de les rendre plus acceptables et plus douces à vivre.
A ses côtés, la vie me paraissait plus douce.

_" Je ne reconnais plus rien de ce pays... Que s'est-il passé ?!"
_" Deux semaines après votre départ, les AS ont annoncé avoir arrêté une dizaine de faiseurs de troubles, des rebelles au régime en quelque sorte... et qu'un procès équitable allait avoir lieu le lendemain."
_"Un procès équitable le lendemain ?!! Mais il n'y a pas de possibilité de préparer une défense efficace en si peu de temps !" répondis-je alors.
_" Oui en effet, et les accusés ont eu la charge de leur propre défense..." dit Winston avec un sourire forcé.
_"Et comment s'est passé ce simulacre de justice ?!"
_"Comme on pouvait s'y attendre ces malheureux n'ont eu aucune chance et pourtant ce procès a marqué le pays tout entier..."

_" Pourquoi ? Ce n'était pas la première fois que les AS se jouaient de la justice ! Je me souviens que les procès de ce type étaient de plus en plus fréquents déjà à cette époque. Que s'est-il passé de si spécial ?"
_" L'un des accusés s'est donné la mort en direct devant les caméras en se taillant les veines à l'annonce de la sentence... la réclusion à perpétuité pour trahison envers la nation ! Et tout cela en chantonnant... le pauvre homme a fait preuve de dignité jusqu'au bout."
_"Il chantait ??"
_" Oui ! Il chantait ... le chant des partisans ! Belle ironie pour un français accusé de trahison envers la nation tu ne crois pas ?!"
_" Oui ! Je connais ce chant ! Mon père me l'avait enseigné et j'ai encore la mélodie en tête !"
_" Oui je me doute..."

Winston baisse brusquement la tête et se met à sangloter en se retournant pour cacher son émotion.
Trop tard, l'atmosphère dans la pièce avait déjà changé.
Le court bonheur des retrouvailles avait laissé place à une ambiance pesante.
Je ne comprends pas cette tristesse soudaine car il était déjà fréquent à cette époque, d'assister à de telles injustices.

Winston reprend alors la parole :
_" Le problème, pour les As, c'est que cet homme était un personnage public, respecté par une grande partie

de la population et que cette sanction irréfutable a fait de lui un martyr ..."
_" Mais qui était-ce ?! Si tout le monde le connaissait, je dois le connaître aussi !"
_" Oui, Toi, plus que quiconque..."

Mes trois compagnons de route n'ont pas dit un mot depuis notre arrivée chez cet hôte qui ne tient pas en place. Ils s'étaient contentés de s'asseoir au coin du feu en nous regardant comme des spectateurs devant un match de tennis cherchant à savoir qui remporterait le point.
Notre fort accent européen doit sans doute les empêcher de comprendre chaque mot de notre conversation agitée mais je suis sûr qu'ils se doutent de ce dont nous parlons ou du moins, des grandes lignes...
Bien que nous parlions, Winston et moi, d'une période où la langue française était encore d'usage, les trois Indiens comprennent visiblement que mon pays à sombré lui aussi dans le chaos.
Quelques sursauts et hochements de tête quand Winston racontait l'histoire de ce procès me faisait remarquer qu'ils ne perdaient pas une miette de notre conversation.

Je me rappelle encore des grimaces et parfois même des colères de mon père lorsqu'il nous entendait ma sœur et moi discuter en anglais.
Les As avaient conseillé aux français de se parler en anglais par souci d'ouverture sur le monde extérieur,

pour nous sortir la tête de nos soi-disant "traditions linguistiques dépassées"...
Ils avaient convaincu l'éducation nationale que la langue anglaise devait s'imposer dans "nos quotidiens de petits Français renfermés sur eux-mêmes".
Nos professeurs nous répétaient sans cesse que si nous parlions tous anglais, nous pouvions briser la dernière barrière que représentait notre langue nationale.
"Ainsi, disaient-ils, vous pourrez parler avec n'importe qui dans le monde et ne plus avoir peur de voyager, ne plus avoir peur de ce qui est différent de vous. Cette langue commune à l'ensemble de la planète va réconcilier les peuples en guerre et construire un monde de paix, où chacun comprend les arguments, les coutumes et les idées de l'autre..."
Leurs arguments ne manquaient pas pour nous faire oublier cette partie de notre identité sous couvert d'émancipation et de paix mondiale que ce changement brutal allait apporter.
Oser nous vendre une plus grande facilité pour voyager occultait, non sans ironie, un détail important, plus personne n'avait de voiture car le carburant était devenu inabordable et neuf français sur dix se contentaient d'un seul repas par jour, faute de moyens financiers.

Notre langue natale n'était plus enseignée ni parlée en public depuis mon douzième anniversaire bien qu'il m'arrivait souvent de parler en français durant mon sommeil comme me l'avait confié Alice.

Je me remémore les paroles de mes parents à l'annonce de la préférence de la langue anglaise pour tout contact avec l'état et ses employés :
" S'ils veulent nous faire parler une seule langue, ce n'est pas pour nous faciliter la vie mais bien la leur ! Ainsi, ils pourront parler au monde entier, d'une seule voix et en un temps record ! Il leur sera bien plus aisé de diffuser leur propagande, leurs désirs et surtout leurs ordres de marcher au pas !
Comment les gens peuvent-ils être aussi naïfs ?!!"

Il est vrai qu'une partie importante du pays avait trouvé cette directive bienveillante et dans l'air du temps.
" Si nous voulons être forts et vendre nos produits partout dans le monde et sans obstacles, nous devons parler la même langue que les autres !"m'avait asséné mon voisin Jacques, petit maraîcher qui ne vendait ses légumes qu'au modeste marché du village de deux cents âmes...

La dernière réplique de Winston m'a surpris.
Pourquoi connaîtrais-je ce malheureux mieux que les autres ?

_" Dis-moi qui était cet homme s'il te plaît !"

Winston s'arrête.
Je le vois se retourner vers moi.
Ce silence me fait peur.
Je m'attends à tout.

# Chapitre 11

_" Ton père... Je suis désolé ..."
_" Mon père ?!! Mais mon père était mort bien avant que je ne quitte ce pays !" lui répondis-je brusquement.
_" C'est ce que tout le monde pensait en effet mais il est réapparu au tribunal et en direct à la télé... j'ai cru voir un fantôme ce jour-là. Il était maigre comme un clou, le regard hagard mais il restait calme et déterminé comme à son habitude. A l'annonce de la sentence, il s'est redressé et a chantonné cette mélodie que tu connais si bien... Cela a jeté un froid sur l'autosatisfaction qu'affichaient les membres de ce tribunal qui ressemblait surtout à une assemblée de bourreaux bedonnants, gavés par le pouvoir et la misère des autres.
Ils ont le droit d'être injustes, sadiques et peuvent se permettre de condamner, sans devoir se justifier.
Ils jouissent d'un sentiment de toute puissance que leur ont accordé les As en échange d'une fidélité aveugle au régime imposé par cette caste dominante.
Sans même y penser, ces bourreaux aux costumes rouges sur mesure, sont les premiers serviteurs de dominants sans morale.
Mais ils furent outrés par l'attitude courageuse de ton père et perdirent leur sang-froid lorsque les autres condamnés reprirent en chœur le chant entamé.

Ils se sont levés et ont ordonné aux soldats d'emmener les prisonniers hors de leur vue.
J'étais présent au tribunal ce jour-là et c'est pour cela que je peux te raconter cette scène incroyable !
Les caméras s'étaient éteintes rapidement devant cet affront et plus jamais il n'y eu de retransmission en direct de jugements.

Le lendemain de ce terrible coup porté au régime par ce simple groupe de condamnés, les As ont dû utiliser toutes les armes dont ils disposaient pour éteindre l'incendie que ton père avait allumé.

L'éducation nationale a reçu l'ordre de retirer tous les manuels scolaires enseignant les révoltes du passé, la révolution française, la résistance pendant la seconde guerre, mai 1968, les gilets jaunes, toute forme de rébellion petite ou grande devait disparaître de nos écoles et de nos mémoires.
Il ne fallait plus enseigner au peuple que l'insurrection devant un régime tyrannique était possible.
Ce jour-là, j'ai revu cette chose effroyable : on brûlait à nouveau des livres.
Ils avaient fait le choix de fermer les bibliothèques, d'interdire les livres religieux car ceux-ci contenaient trop de rebelles envers l'oppresseur... Moïse, Jésus et Saladin devaient appartenir à un passé que nous devions oublier.
Des milliers d'arrestations sur simples présomptions ou délations assumées par certains traîtres ont eu lieu.

Des affiches partout sur les murs avec la photo de ces dix rebelles déjà hissés au rang de héros par une partie de la population. En dessous de chacun des portraits, leurs crimes inventés de toutes pièces par le service de communication du régime et un bandeau sur les yeux de ces malheureux avec l'inscription COUPABLE.
Bander les yeux de ces braves était leur manière de prévenir le peuple que la trahison envers le régime entraînait un futur sans lumière, au fond d'une cellule. Mais il était déjà trop tard, ce simulacre de justice avait ouvert les yeux à une partie d'entre nous et le mouvement des révoltés était né.
C'était le signe noir que beaucoup de mécontents attendaient pour envahir les rues afin de manifester leur colère en voyant ce pays partir à vau-l'eau.
C'était le début d'une vague d'émeutes qui a fait trembler le pouvoir.
Ton père, par son sacrifice, a créé un monstre invisible dont la milice peine à se débarrasser aujourd'hui encore."

_" Personne ne l'a revu ?! Et ma mère ?! Ma sœur ?!"
_" Ils ont été déclarés morts un an après… je suis désolé de t'apprendre cela aussi brusquement Thomas."

Un vaste sentiment de colère m'envahit.
Une fureur contre ces bourreaux bien sûr mais aussi un sentiment de regrets.
J'aurais dû rester au pays, je les aurais peut-être sauvés !

J'essaye de contenir mes larmes et je serre alors Prakash qui vient m'enlacer. Il a compris.
Cette fois, c'est lui qui me réconforte.
Nous nous allongeons sans même avaler un morceau.
Je m'endors, assommé par le récit que je viens d'entendre.

# Chapitre 12

Il est déjà huit heures du matin lorsque j'ouvre à nouveau les yeux.
Les trois autres routards sont en train de discuter avec Winston dans le fond de la pièce.
Je me lève difficilement. Mes pieds me font de plus en plus mal.
Winston vient alors vers moi.
_"Tu ne peux pas continuer la route dans cet état... Il faut que l'on soigne tes pieds et que l'on te trouve des bonnes chaussures. C'est vital pour continuer ton chemin.
J'ai chargé Aman et Prakash de te trouver de quoi te chausser ainsi que des pansements..."
_"Mais ils ne savent pas où aller ! Ils ne connaissent rien de ce pays ! "
_"Tu devrais arrêter de jouer la mère poule avec eux... Ils se débrouilleront très bien, même sans toi...Si cela te rassure, je vais aller un moment avec eux pour leur indiquer un bon marchand qui sait rester discret.
De toute façon, il va falloir que tu sois le plus invisible possible ici.
Les autres ont l'anonymat que tu n'as pas dans ce pays !"

Le ton moqueur et paternaliste de Winston me blesse quelque peu. Cependant, il est vrai que j'ai tendance à les surprotéger depuis notre départ.
Les deux garçons ouvrent la porte.
Mushika enlace son amoureux avec vigueur puis le laisse sortir en lui tenant la main comme pour le retenir. Je sens qu'elle est terrorisée de voir partir son garde du corps attitré, mais elle reste forte comme à son habitude.
Winston me fait un salut discret de la main et referme la porte derrière eux.
A présent, j'ai peur pour ces trois-là.
Je dois voir le côté positif des choses, les garçons ont grandi et ils n'ont pas besoin que je leur tienne la main pour avancer.
J'ai même l'impression dérangeante de les ralentir.
Voilà le moment privilégié que j'espérais.
Je suis seul avec Mushika.
Elle ne rechigne jamais à avancer mais s'efface bien trop souvent derrière les trois hommes qui l'accompagnent.
Je saisis cet instant opportun pour lui poser quelques questions et en savoir un peu plus sur elle et son histoire.

"_ Tu vas bien ? "

Elle se retourne vers moi.
Je lui ai fait peur apparemment.
En Inde, les filles ne sont pas habituées à ce qu'on leur pose des questions, encore moins qu'un homme se soucie de leur bien-être.

Elle me répond d'une voix douce.

_" Oui, je vais bien, merci."

Puis plus un bruit.
Elle serre la gourde de Prakash contre sa poitrine et sa tête rentre dans ses épaules. Elle s'assied par terre à l'autre bout de la pièce.
La discussion s'annonce plus compliquée que prévu.
J'aimerais briser cette carapace car je souhaite de tout cœur qu'elle apprécie cette nouvelle vie, même loin de chez elle.
L'absence d'Aman lui pèse et je lui fais signe de venir auprès de moi.

_" Je suis là, ne t'inquiète pas. Ils reviendront vite."

Elle relève la tête.
Je prends ça comme une première victoire.
D'un seul coup, elle commence à parler.

_" Ton pays me fait peur. Je trouve les gens bizarres et Aman m'a raconté qu'ici, on enfermait les filles qui pouvaient avoir des enfants afin qu'elles puissent sauvegarder notre espèce comme si nous étions des animaux servant uniquement pour la reproduction..."

Je me suis manifestement trompé sur cette petite Indienne.
Je la voyais un peu réservée mais elle tient un discours tranchant et courageux.
Cela me remplit de joie.

J'en profite pour continuer le dialogue car Mushika ose se confier à moi, chose inédite jusqu'à présent.

_" Il est vrai qu'au moment de mon départ pour l'Inde avec Alice, les filles devaient subir un test de fécondité car notre civilisation était soi-disant en danger. Un virus s'est abattu sur nous et la plupart des femmes n'arrivaient plus à avoir d'enfant. Nous avions tous peur de disparaitre..."
_" Vous mangez les vaches ! En quoi votre disparition aurait été un problème ?!"
_" Oui ! C'est vrai nous mangeons les vaches mais cela ne fait pas de nous des âmes sans cœur..."
_" Nous avions des vaches au village et personne ne les auraient mangées ! Je ne suis pas certaine qu'ici, elles pourraient se balader sans crainte..."

Je n'en reviens pas !
Je lui souris.
Je suis admiratif.
En plus de sa beauté sans équivoque, elle ressemble beaucoup à Alice.
Calme mais affirmée.
Patiente mais révoltée.
J'ai la sensation de la rencontrer enfin. C'est une autre personne que je regarde à présent.
Sous ses airs d'introvertie se cache une véritable résistante, capable d'exprimer ses sentiments et de s'affirmer.
Elle continue et je n'ai pas envie de l'interrompre à nouveau.

_" Depuis que nous sommes partis, je n'ai fait que vous obéir et écouter vos envies.
Jusque-là, aucun d'entre vous ne s'est donné la peine de me demander mon avis.
Je suis consciente d'être minoritaire dans notre groupe mais j'aimerais que l'on me demande avant de prendre une décision.
J'en ai parlé plusieurs fois à Aman mais il ne m'écoute pas et me dit que je n'ai pas à me plaindre, qu'il me suffit juste de le suivre et d'avancer.
Ce n'est pas un tort de donner son opinion non ?
Il est souvent dur avec moi et je ne comprends pas ses réactions.
Je veux juste être considérée comme une personne à part entière mais il n'en est rien.
Est-ce que l'on écoute les filles dans ton pays ou sont-elles écoutées autant que les vaches ?
En Inde, notre parole n'a que peu d'importance et cela me révolte !
Ma mère me disait tout le temps : "Demande à ton père ! Moi, je ne te dirai jamais oui avant lui..."
Comme si les bons sentiments et les sages décisions ne venaient que des hommes..."
Mushika représentait à elle seule la vague féministe et révolutionnaire qui agitait son pays depuis plusieurs années.
Une envie de changement, de progrès, de liberté.
Je me rappelle à nouveau les cours de mon père sur la condition féminine dans un pays :
"Toutes les grandes révolutions ayant abouti à une amélioration du quotidien des citoyens ont été possibles grâce à l'implication des femmes.

Un pays sait se tenir sage et obéir à ses dirigeants, jusqu'à ce que les femmes descendent dans la rue..."
Mon père avait raison et ma mère en était le parfait exemple.
Elle ne s'était jamais engagée en politique mais à l'annonce de l'obligation de se présenter au test de fertilité pour les jeunes filles, elle avait fait part de sa colère en battant le pavé.
Elle nous répétait sans cesse que procéder de cette façon, cela réduisait les femmes à de simples génitrices et uniquement des génitrices.
Un virus et une chute brutale de la natalité ne justifiaient en aucun cas le fait de rabaisser un genre au même niveau que n'importe quel animal.
Mon père et moi ne pouvions qu'acquiescer en sa faveur.
Ma sœur se contentait de hocher la tête dans ces moments où ma mère exultait.
Son jeune âge et son manque certain d'assurance faisaient d'elle une ombre de ma mère répétant de temps à autre les discours des leaders féministes de l'époque, ce qui était le cas de maman.

Nos gouvernants avaient fait de nos mères, de nos filles, de simples rats de laboratoires et c'est en cela que la comparaison de Mushika entre une vache et une femme me paraît judicieuse.
Nous nous étions rabaissés et nous avions par conséquent, perdu toute dignité.
A quoi bon perpétuer une civilisation qui ne prend plus soin de sa morale et de son éthique ?
Je me le demande encore.

Ce dont j'avais peur, et que je distingue de mon pays à présent, c'est que notre modèle civilisationnel est mort et nous vivons désormais dans les ruines de notre humanité abandonnée.
Je ne saurais dire le jour exact de notre effondrement mais il me revient en tête ce fameux dimanche de Mai où les soldats avaient reçu l'ordre de tirer sur les manifestantes, en plein Paris.
Elles étaient descendues dans la rue pour crier leur indignation quant aux nouvelles mesures barrières face au virus et aux solutions trouvées pour relancer la natalité.
L'unique réponse à leurs revendications avait été le sifflement des balles de la milice, appelée pour rétablir l'ordre.
Plus de deux cents d'entre elles avaient perdu la vie.
Oui, c'est bien ce jour-là que nous avons sombré dans le chaos.

Mushika se lève et s'avance maintenant vers moi.
Je suis stupéfait par ce changement d'attitude si soudain mais aussi par ce charisme qu'elle dissimulait depuis notre rencontre.

_"Je peux m'asseoir près de toi" me dit-elle en se serrant contre moi.
Elle me caresse maintenant le bras.
Je suis sous le charme.
_"Euh oui bien sûr..." répondis-je comme un petit garçon intimidé.

Je suis presque sans voix.

Qu'attend-elle de moi ?
Pourquoi une telle affection tout à coup venant d'une adolescente qui ne me regardait même pas jusque-là?
Je ne comprends rien et je suis totalement dépassé par la situation.
Je suis comme spectateur de cette scène insolite qui me rappelle alors ces moments de tendresse avec Alice.
C'est vrai, Mushika me fait penser à ma fiancée.
Ou peut-être, est-ce juste le fait qu'elle est la première à me toucher depuis la disparition de celle que j'aimais tant.
Je perds le contrôle de la situation.
Mushika colle maintenant sa tête contre ma poitrine.

_"Tu sais, je me sens bien avec toi... Aman est un garçon charmant mais il ne m'apporte pas ce sentiment de sécurité dont j'ai besoin.
Il est encore trop jeune pour en être capable.
Je m'en suis rendu compte lorsque l'on était chez Ramesh...Tu es sorti de la maison et je me suis sentie seule même dans ses bras ! Je ne sais pas l'expliquer mais c'est ce que j'ai ressenti à ce moment-là..."

Pourquoi me dit-elle cela ?
Est-ce une déclaration d'amour ou une simple confidence ?
Elle n'a même pas 20 ans et pourrait être ma fille.
Je me refuse de penser à l'embrasser.
Trop tard, j'y pense déjà.
A la manière dont elle se frotte le visage à mon torse, elle doit y penser aussi.

Son souffle s'accélère.
Je dois stopper ce moment de tendresse maintenant.
Soudain, elle relève la tête et m'embrasse du bout des lèvres.
Un simple baiser et je sais plus quoi faire, j'oublie tout autour de moi.
C'est à mon tour de l'embrasser. Je perds le contrôle devant tant d'émotion et de tendresse.
Ma main remonte de son ventre à ses seins.
Ses paupières sont fermées et se mettent à trembloter.
Elle prend visiblement du plaisir, au moins autant que moi.
Nous commettons une grave erreur car plus rien ne sera comme avant désormais.
Je profite de l'instant présent, je n'ai plus ressenti une telle douceur depuis plusieurs mois.

Quelle attitude adopter à l'avenir ?
Et Aman ?
Un sentiment de honte mélangé à du bonheur... Je me suis oublié dans ses bras et son odeur si envoûtante.
Je suis submergé par ses caresses et mon envie de renoncer à ce plaisir charnel s'évapore au fil des secondes.

On frappe à la porte.
Nous nous levons précipitamment.
Combien de temps sommes-nous restés à nous embrasser ?
Est-ce que les trois autres sont déjà de retour ?

Je remets ma chemise en place et Mushika se sèche les lèvres avec sa main droite pendant que l'autre ne cesse de tenir mon bras.
Je le secoue pour lui faire lâcher prise bien que cela soit la dernière de mes volontés.
Nous nous mettons en danger de rester collés l'un à l'autre.
Je me dirige vers l'entrée.
Mushika reste dans le fond de la pièce, la tête baissée comme attristée par la fin de ces douces minutes.
Sûrement ressentait-elle aussi un peu de honte et de gêne d'avoir franchi le pas si spontanément.

J'ouvre alors la porte.
Ils sont enfin rentrés.

# Chapitre 13

Prakash est le premier à venir vers moi.
Il se met à mes genoux comme un infirmier auprès du blessé. Il ouvre un sac qu'il dépose au sol.
Des chaussures en bon état, un pantalon et une gourde en bois…

_" Prakash ! Pourquoi m'as-tu acheté une autre gourde ? La mienne ne fuit pas !"
_"C'est un cadeau, je l'ai vu et j'ai pensé que cela te ferai plaisir…voilà tout." me dit Prakash en me souriant.
_"Merci, c'est gentil d'avoir pensé à moi !"
_" J'en ai acheté une pour chacun d'entre nous ! Même Winston a eu une gourde, je tenais à le remercier pour tout ce qu'il fait pour nous. Je lui ai aussi acheté du blé pour un bon mois et de la viande pour nous tous ! Ce soir, c'est moi qui cuisine !"

La générosité et l'enthousiasme de ce garçon semble sans limite.

_"La dernière fois que tu as voulu faire à manger a été une bénédiction…pour tous les chiens du village…" dit Aman d'un ton moqueur.

_" Vous allez voir ! Je vais nous faire un festin !"
_"Oui ! Un bon repas et demain, nous reprenons la route !" dis-je, inspiré par la bonté de notre jeune routard.

Je ne pensais pas qu'une telle annonce allait provoquer un aussi grand silence.
Mes trois camarades ne s'attendaient visiblement pas à repartir si tôt de cet endroit où chacun se sent à l'abri et peut même se laver à l'eau chaude.
Il est vrai que ne plus se laver à l'eau froide et salée apparaît désormais comme un luxe dont nous avions dû nous passer durant cette longue traversée en bateau.

Je remarque alors que Mushika s'est refermée comme une huître depuis le retour de son fiancé.
Aman commence à la questionner mais je n'entends pas ce qu'ils se disent.
Il devient de plus en plus agité et se retourne de temps à autre vers moi en fronçant les sourcils.
Elle lui a déjà tout avoué ? Pourquoi ferait-elle cela ?
Je distingue quelques mots de Mushika:
_" Mais non ! …. Je te jure … Ne t'inquiète pas … Je vais bien … Ne lui dis rien …"

Aurais-je tout gâché en ne sachant pas résister au charme de cette belle Indienne ?
Qu'adviendra-t-il de notre petit groupe si Aman apprend ce que nous venons de faire ?
Moi qui me voyais comme un grand frère pour ces trois-là…

J'ai été stupide !

Aman me fixe sans relâche.
Il vient maintenant vers moi et son regard en dit long.
Je me surprends à serrer les poings devant un membre de ma famille.
J'ai peur de sa réaction, je suis pathétique...

_"Pourquoi as-tu parlé de cette façon à Mushika ?!" dit Aman
_"Quoi ?! Désolé mais je ne comprends pas !"
_"Tu t'es énervé contre elle apparemment !"

Je distingue alors Mushika au milieu de la pièce. Elle ne dit pas un mot et reste la tête baissée comme refusant de prendre part à la dispute.
Je reste sans voix.

_"Excuse-toi au moins ! Tu n'as pas à parler comme ça ! Malgré tout ce que tu as fait pour nous, on n'est pas tes animaux de compagnie !"

C'est la première fois depuis que je connais ces jeunes Indiens que le ton monte entre nous et cela m'est très douloureux.
Je me suis donné beaucoup de mal pour être présent et attentif aux besoins de chacun.
Je pensais avoir fait le nécessaire afin que tout le monde se sente à sa place dans le groupe et particulièrement dans ce pays que je suis le seul à connaître.

J'étais resté un peu en retrait de Mushika je dois l'avouer, mais je ne me sentais pas très à l'aise face à Aman.
Celui-ci était comme figé auprès de sa fiancée comme un garde du corps.
Je ne comprends toujours pas un tel revirement de situation et pourquoi Mushika ne dit rien.
Elle semble même être d'accord avec les paroles de son gardien.
La situation est tellement étrange et l'ambiance dans la pièce est irrespirable.
Je m'incline.

_"Tu as raison. Excuse-moi Mushika. Je n'aurai pas dû te parler ainsi..."

Je rêve.
Je viens de m'excuser pour une chose que je n'ai pas faite.
C'est une première pour moi mais si cela permet d'apaiser ces soudaines et inexplicables tensions...
Rien ne vaut plus cher à mes yeux que la bonne cohésion dans notre troupe de voyageurs, même pas mon égo...

Aman me fixe encore longuement en fronçant à nouveau les sourcils puis repart en direction de sa belle qu'il serre à présent dans ses bras.
Quelques minutes plus tard, il s'allonge sur le sol comme fatigué par son propre énervement.
Il s'endort en peu de temps. Le voyage a laissé des traces sur nos corps et notre moral.

Mushika profite de ce nouveau moment de liberté non surveillée pour s'isoler dans un coin de la pièce encombrée par nos sacs à dos et les jarres d'eau en plastique de notre hôte.
Je dois aller la voir pour éclaircir la situation.
_" Pourquoi lui as-tu dis que j'avais été méchant avec toi ?!"
_" Parce qu'il est très jaloux et a commencé à me poser un tas de questions ! Il voulait tout savoir ! Ce que j'avais fait pendant son absence, si nous nous étions parlé..."
_"Mais pourquoi lui mentir à ce point ?!"
_" Tu souhaitais vraiment que je lui raconte la vérité?!! Lui raconter ce que nous avons fait ??" dit Mushika d'un ton agacé.
Elle a raison et cette réponse ferme, voire même un peu brusque, me rassure beaucoup.
Il ne se doute de rien et c'est l'essentiel.

Notre discussion réveille Aman qui se redresse et reste en position assise, le dos contre le mur.
Il peine à ouvrir les yeux.
Je dois m'écarter de sa fiancée.

Le calme est maintenant revenu dans la pièce et Winston, fidèle à son habitude, vient alors réchauffer l'atmosphère et réveille tout le monde en disant :

_"Une petite bière les amis ?!"

Cette phrase qu'il prononçait dès qu'une tension se faisait sentir me rappelle une nouvelle fois cette soirée de débats agités lors de notre voyage aller.

Je le vois alors tourner autour du poêle à bois comme un chaman invoquant les esprits en dansant autour d'un feu.
Sa démarche chaloupée et son dos courbé amusent quelques peu les trois jeunes qui ne le quittent pas du regard.

_"Winston ! Que fais-tu ?! Tu es devenu fou ?!!" dit Prakash visiblement très amusé par la scène.

Soudain, Winston fait valser le tapis rectangulaire posé devant le poêle par un vigoureux coup de pied.
Le tapis s'arrête alors contre mes jambes.
Un nuage de poussière le suit.
Je tousse maintenant à pleins poumons !
Devant moi, tout le monde rit aux éclats.
C'est le principal, l'ambiance devient maintenant festive.
La poussière retombante peu à peu, nous distinguons désormais une plaque en bois au pied du fourneau.
Une cachette savamment dissimulée par un simple tapis en plein milieu de la seule pièce de la maison.
Je ne me souviens pas de son existence lors de ma première rencontre avec Winston.

Notre hôte soulève alors la plaque et la dépose à mes pieds.

Nous nous asseyons en arc de cercle devant le trou comme des fidèles attendant que le prêtre ne commence son discours.
L'instant semble solennel.
La poussière encore bien présente dans l'air nous empêche de voir ce que renferme ce trou dans le sol.
Winston plonge alors le bras et en ressort une bouteille crasseuse, puis vient le tour d'une grande boîte métallique.
A en voir les yeux de Prakash, nous sommes devant un trésor inestimable.
Je pense surtout que nous allons boire une bière tiède et périmée depuis une décennie...

_"Qu'y a-t-il dans la boîte ?" demande Prakash visiblement surexcité par cette découverte.
_"Nous allons déjà ouvrir la bouteille et fêter nos retrouvailles !" dit Winston

Après plusieurs minutes à chercher le nombre de verres dont nous avions besoin, Winston fait sauter le bouchon.
Pas un bruit.
Nos trois Indiens n'avaient jamais vu cela apparemment, un bouchon en liège qu'ils se passent l'un après l'autre après l'avoir soigneusement examiné sous tous les angles.
Un verre chacun dans la main, nous trinquons à nos retrouvailles.
Je n'ai pas bu de bière depuis une dizaine d'années.
Je goûte et l'absence de bruit à l'ouverture de la bouteille ne m'avait pas fait mentir.

La bière est tiède et sans bulles.
De plus, un arrière-goût de terre m'envahit la bouche.
Je regarde mes camarades qui osent à peine se mouiller les lèvres avec ce breuvage peu délicat.
Winston, quant à lui, remue sans cesse son verre à la recherche d'une odeur que cette boisson ignoble tarde à lui offrir.
Je n'en peux plus.
Mes trois compagnons de route reposent leurs verres au sol en faisant la grimace.
C'est sûrement la première fois qu'ils goûtent une boisson alcoolisée et je pense aussi la dernière…

_" C'est donc ça que vous buvez lors de vos retrouvailles ?? Pas étonnant que les gens gardent leurs distances…" dit Prakash qui commence à recracher ce qu'il avait en bouche.

Je crache à mon tour.
Seul notre hôte arrive à avaler le tout. Sûrement avait-il dû attendre cette dégustation depuis longtemps.

_"Je n'aurais même pas piégé une guêpe ou une abeille avec un tel poison !" dit Winston en grimaçant.
_"Une quoi ?!!" réplique alors Prakash.
_"Pauvres enfants…Vous n'avez jamais eu la chance de voir voler ou travailler une abeille mais heureusement pour vous, Oncle Winston a conservé depuis de longues années ce qu'elles nous offraient de plus succulent…"

Notre ami se courbe vers la boîte qu'il peine à agripper. Elle est lourde de toute évidence.

Nous le voyons maintenant froncer les sourcils et laisser sortir des petits gémissements de sa bouche car le couvercle est visiblement scellé à cette mystérieuse boîte dont nous ignorons toujours le contenu.
C'est fait.
Le couvercle saute comme un bouchon de champagne.
Je regarde Prakash, qui vient de sursauter comme nous tous. Nous étirons au maximum nos bustes dans le seul but de découvrir ce que nous cachait notre hôte.

_"Je ne sais pas s'il a conservé son goût authentique mais il n'y a qu'un seul moyen de le savoir..."

Nous fixons du regard Winston qui déroule à présent un vieux chiffon qu'il tient fermement dans ses mains poussiéreuses.
Deux petits bocaux en verre qu'il arrive difficilement à maintenir dans une seule main.
Il tremble.
Manifestement ému à l'idée de revoir son trésor, l'homme pose un bocal au sol dans un mouvement et un silence quasi religieux.
Encore une grimace et voilà le premier bocal ouvert en laissant échapper un petit bruit sourd.
Nous sommes quatre enfants autour d'un père Noël tardant à dévoiler ses cadeaux.

Brusquement, Winston se lève et se dirige vers le seul meuble tout aussi poussiéreux que le reste de la maison.
Il ouvre alors un tiroir grinçant et en retire un récipient.

_"Bienvenue chez le seigneur des boîtes !!" s'exclame Prakash qui provoque alors un fou rire général
_"Non Prakash ! Ceci est une boîte de cure-dents !"
_"Une boîte de quoi ?!"
_"Des cure-dents sont des petits bâtons de bois que l'on utilisait avant pour se débarrasser des résidus coincés entre les dents."

A en voir leurs têtes, les trois Indiens n'ont jamais vu cela.
Winston se rassied à sa place et trempe alors un pic dans le bocal.

_"Honneur aux dames !" dit-il vigoureusement

Mushika, manifestement émerveillée par cette attention soudaine, se met à sourire.
Une telle marque de respect et de galanterie n'était pas une habitude pour elle.
Je la vois heureuse et un peu gênée mais ce gentleman anglais a su lui montrer à quel point les femmes étaient respectées dans notre pays.
Soudain, en mettant le pic dans la bouche, nous la voyons se raidir.

_"Super... Encore un truc dégeu..." dit Prakash d'un ton sarcastique
Nous rions à nouveau.
_"C'est trop mais c'est quoi ?!" s'exclame alors Mushika
_"Du miel ! Très chère... du miel ! Voilà ce que fabriquaient les abeilles. Des insectes qui volaient de fleur en fleur pour y extraire ce doux nectar..."
En une seconde, nos trois mains se dirigent vers la boîte à cure-dents et voilà que nous dégustons du miel.
Un goût inimitable qui me transporte en un court instant dans mon enfance où je me revois savourer le miel que nous offrait notre voisin après chacune de ses récoltes.
Nous profitons langoureusement de ce moment de douceur et le sourire de Winston me réjouit aussi.

En partageant avec nous son trésor qu'il avait pris soin de cacher dans le sol, cette connaissance de longue date que je savais accueillant et généreux, grave désormais notre amitié dans la roche.
J'en profite pour lui adresser un large sourire qu'il me renvoie.
Il n'y a pas de mot pour exprimer à quel point je suis reconnaissant envers lui et un simple regard a suffi à nous comprendre.
C'est un ami, un vrai.

# Chapitre 14

Après de longues minutes à lécher nos bouts de bois, le dialogue reprend avec une question de Prakash que personne n'osait poser jusque-là.

_" Il y a quoi d'autre dans ta boîte Winston ?"

Je vois alors notre ami britannique baisser la tête.

_"Quelques photos de famille et un cadeau de mon père que je garde précieusement..."
_" Quel genre de cadeau ?" dit Aman
_" Un Glock 34 !!" répond notre hôte.

Tout à coup, Winston met la main dans la boîte et en ressort un pistolet quasiment neuf.
L'arme brille au beau milieu de la pièce et nous sommes comme des enfants devant un objet que seul Prakash a déjà tenu entre ses mains.

_" Je peux le prendre pour le voir de plus près ?" demande Aman avec émerveillement
_" Oui mais fait attention ! C'est une arme même si elle n'est pas chargée..."

Winston tend sa main gauche. Celle-ci renferme une dizaine de balles que chaque rayon de soleil fait scintiller.
Tout le monde est pendu à la moindre parole de notre Anglais préféré.
Seul Prakash semble décontenancé par la vue de cette arme et refuse de la toucher au moment où vient son tour de la prendre entre ses mains.
Il doit très certainement repenser à cet instant de sa vie où il n'a eu d'autre choix que de tirer sur ce soldat.
Je pensais que l'arrivée dans ce pays lui avait fait oublier ce passage dramatique de sa courte vie mais il n'en est rien.
Je pense que ce genre de souvenir vous reste gravé à jamais et que la vue d'une arme, même appartenant à un ami, vous replonge dans ce passé que vous pensez oublier.

_" Ce n'est pas très lourd en fait !" s'exclame Mushika, en s'amusant à peser l'arme d'une main légère.
_" Avec les balles dans le chargeur, c'est un peu plus lourd..."

Winston nous montre à présent comment mettre les munitions dans le chargeur.
Cela paraît être un jeu d'enfant.

_" Trop facile ! Dommage que l'on ne puisse pas tirer, juste une fois pour essayer !" dit Aman avec un large sourire.

Winston est visiblement très fier de nous montrer le cadeau un peu spécial de son paternel.

Soudain, nous le voyons mettre le chargeur dans son arme et armer celle-ci.
Nous sommes paralysés d'effroi.
En voyant le comportement dangereux et puéril de notre hôte, plus personne ne dit un mot.

Sans avoir le temps de réagir, nous constatons désormais que l'arme se trouve collée à la tempe de Mushika.
Tout va très vite et j'ai beaucoup de mal à réaliser ce qui est en train de se passer.

_" Viens par-là ma jolie !" dit-il en serrant l'indienne contre lui.
Ils nous font tous les deux face à présent.
Je distingue les tremblements de Prakash qui semble tétanisé par ce revirement de situation.
Aman quant à lui n'est guère plus actif.

Pourquoi cet homme si bon jusque-là se conduit soudainement comme un preneur d'otage ?
Je ne comprends rien.
_"Pourquoi fais-tu cela Winston ?!" demande nerveusement Mushika.
_" Tu crois que je n'ai pas vu la quantité d'or que cache ton ami ?!"
_"Tout ça pour mon or ?!!" dit Prakash

_"Oui ! Et en plus, j'obtiendrai sûrement une récompense pour livrer Monsieur Thomas à la milice…" dit Winston en souriant.
_"Donc c'est pour l'argent ?! Laisse-nous partir et on te laisse l'or ! " réplique Aman
_" Pas question ! Aux yeux de la milice, Thomas vaut une fortune et sa capture est espérée depuis si longtemps qu'ils seront très généreux ! Avec de l'or et une délation de ce niveau, à moi la zone 2 !!"
_" Arrête ! C'est ridicule ! " s'exclame Mushika.
_" Désolé mais c'est ma seule chance d'avoir un avenir meilleur… Je ne veux pas finir mes jours en zone 4 ! Mushika, prend cette corde contre le mur et attache les tous ensemble ! Si quelqu'un fait un geste, je tire !"

La jeune femme commence à exécuter les commandements de notre hôte devenu en un instant notre bourreau.
La corde maintenant entre les mains, elle se met à faire le tour de nos corps transpirants de chaleur et de peur.

_" Serre bien surtout !" ordonne Winston.

Mushika se plie à ses ordres en séchant de temps à autre ses larmes coulant sur son visage.
_" Très bien maintenant, prends les sacs sous l'étagère et met ça sur leurs têtes !"
_" Non !!! " crie Aman en se débattant.
_" C'est bien mon garçon ! Hurle encore comme ça et la milice va débarquer plus vite que prévu !" dit Winston d'un air sadique.

Nous sommes piégés, totalement à sa merci.

Les sacs poussiéreux couvrant désormais nos visages, il nous est difficile de respirer, encore moins de parler.
Je distingue à peine la lumière du jour.
Nous ne pouvons que subir.
Un sentiment de déjà vu et un souvenir gravé dans ma mémoire... au fond de ma cellule au camp de nutrition.
Finalement rien ne change, même au pays...hormis le fait que cette fois-ci, c'est mon ami qui me torture.
Je suffoque... j'ai la tête qui tourne... j'entends les respirations difficiles de mes camarades et les pleurs de Mushika.
Je vais m'évanouir... mes yeux se ferment.

# Chapitre 15

Des cris !
Des hurlements contenus... une fille gémit à côté de moi.
Mushika!
Que lui arrive-t-il ?
Je reprends peu à peu mes esprits.
C'est Winston ! C'est lui qui lui fait si mal ?!
J'ai l'impression qu'elle étouffe aussi.
Depuis combien de temps dure son supplice ?

Soudain un craquement et maintenant plus un bruit.
Il l'a étouffée ?! C'était elle ?!
Et les autres ?
Je n'entends plus rien et je ne vois toujours pas ce qui se passe autour de moi.

Ça y est.
Quelqu'un marche vers nous.
On essaye de m'enlever mon sac.
A-t-il décidé de nous tuer à tour de rôle ?
C'est à mon tour de souffrir...

J'ai toujours autant peur.
On ne s'habitue donc pas à la torture, encore moins celle infligée par nos amis.

# Chapitre 16

On essaye de m'enlever le sac.
Une lumière intense.
Je peine à ouvrir les yeux.
Je distingue un visage devant moi mais impossible de savoir de qui il s'agit.
Cette personne est visiblement essoufflée.

_" Thomas ? Ça va ? " me demande-t-on d'une voix douce

C'est elle !
C'est Mushika.

_" Où est-il ?! Où est Winston ?"
_" Là ! A côté, ne t'en fais pas ! " me répond la belle.

Je sens encore les corps d'Aman et Prakash contre mon dos mais ils ne bougent pas.

_" Prakash ! Aman ! Réveillez-vous ! " pousse Mushika qui tente désespérément de défaire nos liens.

Que s'est-il passé durant tout ce temps ?
Je tourne ma tête de droite à gauche espérant voir mes deux compères bouger.
Pas un seul signe de vie.

Un discret toussotement et voilà Aman qui s'agite.

La corde se desserre enfin.
Celle-ci m'a endolori les bras et les épaules.
J'ai mal mais je suis en vie.
La douleur est parfois bon signe.
Un doux réconfort effaçant peu à peu la peur d'avoir quitté cette vie sans dire au revoir aux personnes que l'on aime et revoir une dernière fois les lieux qui nous font vibrer.

Être vivant est une bénédiction même en ces temps sombres.
Sentir l'air entrer dans ses poumons sans entrave, sentir l'odeur de Mushika, une simple caresse du bout des doigts sans qu'elle ne l'ai fait exprès.
Un petit grain de paradis au milieu de l'enfer, une oasis en plein désert.
Je suis en vie.

Prakash revient aussi à lui et il n'a pas encore ouvert les yeux mais je le vois se toucher les cheveux.
Ils sont trempés comme les miens.
Une séance de sauna dont nous nous serions bien passés.
Combien de temps sommes-nous restés dans cette position et qu'est-il arrivé à notre indienne qui ne manifeste aucun signe de faiblesse.

_"Aidez-moi à attacher ce porc avant qu'il ne se réveille !" nous dit-elle à présent.

Nous exécutons les ordres de notre libératrice sans dire un mot.
Notre bourreau est allongé au sol à côté d'une pierre pleine de sang.
Nous le plaçons derrière le fourneau, les bras entourant la cheminée.
Nous ligotons d'abord ses mains et ensuite ses bras.
Un long filet de sang coule le long de son visage, un sinistre spectacle qui en temps normal m'aurait répugné.
Mushika ramasse un des sacs qu'elle place soigneusement sur la tête de notre bourreau.
Je dois me faire à cette idée, j'aime désormais la vue du sang, surtout celui de mes ennemis furent-ils des amis auparavant.
Je deviens peu à peu un monstre aussi froid que ceux que je combats depuis si longtemps.

_" Il nous faut partir au plus vite ! " nous dit alors Mushika.

Les choses ont changé sans que l'on ne s'en rende compte.
C'est une fille de 18 ans à peine qui mène la troupe désormais et nous lui obéissons sans rechigner.

Nous ramassons nos sacs entassés au fond de la pièce et nous observons Mushika du coin de l'œil qui s'affaire à rassembler des petits bouts de bois devant le poêle.

_" Sortez ! Il est en train de se réveiller !" nous dit-elle

Nous suivons ses ordres.
La nuit va bientôt tomber.
Deux minutes plus tard, voilà notre cheffe qui sort en claquant la porte derrière elle.

Nous avançons à grands pas et nous marchons droit devant nous, sans se soucier de la direction.
Je me retourne vers la maison que nous venons de quitter.
Je lève les yeux.
Une épaisse fumée s'échappe de la cheminée et traverse l'étroite ruelle qui nous a menés jusqu'à chez Winston.

_" Plus vite ! Les cris de ce monstre vont bientôt alerter tout le village !"

Je ne sais pas qui est le plus cruel d'entre nous mais les différents événements que nous vivons nous éloignent progressivement de notre humanité.

Nous marchons à vive allure sans nous retourner.

Après plusieurs minutes de cavale, nous distinguons des hurlements loin derrière nous...
Je regarde Mushika qui marche à côté de moi et son visage ne laisse échapper aucune émotion même s'il est impossible de ne pas entendre ces cris horribles dans notre dos.
Elle ne dit rien et marche en fixant l'horizon comme si elle avait rendez-vous avec son futur, tout en ignorant son passé.

Winston nous avait trahis et planifiait de nous livrer à la milice pour de l'or et un espoir de vivre en zone 2.

Prakash avait dû tuer lorsque nous étions en Inde et il a fallu une pierre trouvée par terre pour que Mushika cède, elle aussi, à la violence en assénant un violent coup sur la tête de son agresseur.
Je n'ai jamais été haineux envers quiconque mais je me demande désormais quand viendra mon tour.

Quand devrai-je me faire une raison et accepter que ma propre existence ait plus de valeur qu'une autre ?

Si un bout de granit est suffisant pour mettre fin à la violence d'un tyran, de combien de pierres aurons-nous besoin pour arrêter nos oppresseurs et retrouver notre liberté ?

Car si nous ne sommes que leurs victimes, nous ne pouvons pas être les co-responsables de leur folie destructrice ?

Je me pose de plus en plus souvent la question :
Sommes-nous les acteurs inconscients et non volontaires d'un scénario écrit d'avance qui nous mène à notre propre disparition ?

Il semblerait que ce soit les pauvres qui s'entretuent car les soldats ou les personnes comme Winston ne sont guère plus privilégiés que nous.
Je n'ai jamais vu le cadavre d'une personne faisant partie des AS.

Eux ne meurent pas, nous oui.

Nos guerres fraternelles doivent bien profiter à quelqu'un sinon elles n'auraient aucun sens et s'arrêteraient d'elles-mêmes.

Plus j'y pense et plus une quelconque explication me semble compliquée à envisager.

Je me rends compte à présent que personne ne nous a demandé d'y réfléchir donc nous ne l'avons jamais fait...

Je me rappelle d'un passage d'un livre que ma mère m'avait prêté. Je ne me souviens hélas plus de son nom mais cela m'avait marqué.

Un journal intime d'une petite fille qui avait dû se cacher pour échapper à ses oppresseurs pendant la deuxième guerre mondiale :

" A quoi bon cette guerre ?
*Pourquoi les gens ne peuvent-ils vivre en paix ?*
*Pourquoi faut-il tout anéantir ? ...*
*Pourquoi dépense-t-on des millions pour la guerre et pas un sou pour la médecine, pour les artistes ou pour les pauvres ?...*
*Pourquoi les hommes sont-ils si fous ?*
*On ne me fera jamais croire que la guerre n'est provoquée que par les grands hommes, les gouvernants...*
*Les petites gens aiment la faire au moins autant.*
*Sinon les peuples se seraient révoltés contre elle depuis longtemps.*
*Il y a tout simplement chez les hommes un besoin de ravager, un besoin de frapper à mort, d'assassiner et de s'enivrer de violence.*

*Et tant que l'humanité entière, sans exception, n'aura pas subi une grande métamorphose, la guerre fera rage, tout ce qui a été construit, cultivé, tout ce qui s'est développé sera tranché et anéanti pour recommencer ensuite."\**

\* = *Extrait du journal d'Anne Franck écrit de Juin 1942 à Août 1944 par Anne Franck.*

# Chapitre 17

Cela fait maintenant deux semaines que nous marchons vers ma maison sous une chaleur insupportable.
Je n'ai cessé de penser à Mushika durant tout ce temps et elle aussi pense à moi à en voir les discrets sourires qu'elle me lance lorsque son fiancé à les yeux ailleurs.
Je rêve d'elle chaque nuit et je ne peux arrêter d'espérer me retrouver à nouveau seul avec elle.
En attendant, je prends mon mal en patience et je raconte des anecdotes de mon enfance à Prakash qui n'arrête pas de me poser des questions sur mon pays et ses coutumes.
Je lui dis ce que je sais mais il s'agit de souvenirs lointains et les choses ont visiblement beaucoup changées durant mon absence.

Un panneau à moitié rongé par la rouille et perforé de toute part par ce qui ressemble à des impacts de balles nous indique : "**ALBERTVILLE** 2km – **Poste de contrôle entrée Zone 3** 31km"
Je choisis de longer l'Isère qui n'est plus qu'un ridicule ruisseau pollué par toute sorte de déchets.
Un autre panneau a attiré notre attention et notre stupéfaction au bord de ce cours d'eau : "**Attention à la brusque montée des eaux chaque Mardi**"

Je ne comprenais pas pourquoi l'eau ne coulait vraiment qu'un seul jour par semaine avant de rencontrer Louis, un jeune nettoyeur de latrines.
Celui-ci m'avait confié que les As avaient pris le contrôle des barrages hydrauliques en altitude et en avaient confisqué l'accès aux personnes n'habitant pas ces zones.
L'eau était bien plus potable en altitude que dans la vallée et l'air y est plus sain.
"Si les gens savaient pourquoi l'eau a un goût ignoble en été, ils n'en boiraient pas !" m'avait-il dit d'un air amusé.
Mais il est difficile de refuser un verre d'eau quand il fait plus de 48 degrés à l'ombre...
Ce drôle de bonhomme m'avait raconté qu'il tenait toutes ces choses de son père, transporteur de fonds pour la récolte des taxes annuelles.
Les As faisaient payer les habitants aisés des zones 3 et 4 pour recevoir la protection de la milice et des denrées désormais inexistantes comme les fruits ou le poisson.
Aucune espèce aquatique ne pouvait survivre en zone 3 et 4 depuis plus de huit années à cause de la pollution des eaux.


J'espère dormir à Moûtiers ce soir mais je me refuse à nous fixer des objectifs depuis que nous avons quitté la maison de Winston.
A chaque rencontre, à chaque personne qui croise notre route, je dois me couvrir le visage comme un lépreux, par risque d'être dénoncé.

Je ne peux faire confiance à aucun inconnu.

Notre chemin a été jalonné de photos de moi et d'autres personnes que je ne connais pas. Nos portraits figurent sur une grande affiche au contour noir et sang.
Une seule phrase en haut : " Recherchés pour **CRIMES ET HAUTE TRAHISON**"
On m'y montre comme un fugitif, un assassin et même pire : un traître.
Tout cela pour avoir publié un simple livre dénonçant les dérives de nos dirigeants, un concentré des idées et des valeurs de mon père, qui nous auraient permis d'échapper à tout ce cauchemar.

Ici, les gens sont extrêmement pauvres, leurs journées de travail se sont progressivement transformées en quête journalière d'un bout de pain ou de pommes de terre généreusement distribuées par la milice chaque lundi.
Le lundi est appelé : " jour des réjouissances".

Comme si la distribution de denrées périmées et d'un bol d'eau crasseuse était un acte de générosité...
Nous avions la sensation de devoir nous satisfaire des restes de repas.
Mais de qui sommes-nous les chiens asservis, dégustant les miettes de leurs festins ?
Je l'ignore encore mais je compte bien le découvrir par moi-même.

Me voilà donc revenu au moyen-âge, moi le garçon de bonne famille devenu le gueux de ces favorisés en une dizaine d'années à peine.

Des rumeurs entendues tout au long de notre chemin nous ont fait part qu'à la cour, on dansait et on riait encore.
On m'a aussi raconté que chaque année, les As organisent une loterie pour le peuple.
Chaque gagnant obtient un logement et un visa à vie pour la zone 2.
Un détail a cependant attiré mon attention, chaque candidat doit remplir un ticket de loterie en y indiquant son nom, prénom et âge mais aussi son origine ethnique.
Quand j'ai demandé au bureau de loterie, on m'a dit que seulement deux personnes par origine étaient gagnantes par souci d'égalité des chances.
Une race ne pouvant prétendre à plus qu'une autre...

Je trouve cela bizarre que l'on demande l'origine des participants mais personne n'avait l'air d'y avoir réfléchi.
J'ai peur que la raison d'une telle règle du jeu n'ai un but tout autre... Mais peut-être suis-je devenu trop suspicieux, paranoïaque ou bien trop lucide !
La moindre marque de bonté de la part des As m'apparaît comme trompeuse et dangereuse mais le reste de la population semble sous le charme et aveuglée par leur générosité annuelle.

Mushika arrive à ma hauteur et me sourit.

_" C'est encore loin ta maison ?" me demande-t-elle
_" Non, encore une petite journée..."
_" Est-ce que tu penses retrouver quelqu'un de ta famille là-haut ?"
_" Je ne crois pas et je ne peux faire confiance à qui que ce soit..."
_" Même à ta famille ?!"
_" Je voyais Winston comme un frère et regarde ce qu'il était devenu ! La misère et la perte d'espoir en des jours heureux ont fait des français, des êtres sans morale ni humanité..."
_" Tu ne peux pas dire ça ! Tu ne peux pas faire du cas de cet anglais une généralité !"

Elle a raison.
Ma déception ne doit pas faire place à de la colère ou toute autre forme de violence. Je dois garder espoir, croire que rien n'est jamais perdu.
Au bout du tunnel, il peut y avoir la lumière.

_" Beaucoup de monde te connait apparemment et tu peux en profiter pour tout changer !" me lance alors Mushika.

Je suis étonné par ce que je viens d'entendre.
Je n'avais jamais pensé à cela et je ne me sens pas du tout en mesure de lancer une révolte et encore moins une révolution.

Nous traversons Aigueblanche qui doit désormais compter quatre mille habitants. Je ne reconnais plus rien de ce petit village où j'avais l'habitude d'aller avant l'arrivée du virus et de la milice.

Il y a énormément de mendiants et la mairie s'est transformé en un hôpital de fortune accueillant des familles entières dormant à même le sol.

Nous passons une bonne heure avec eux et les bénévoles.

Mushika et Prakash passent dans les petites allées et lancent des sourires, pensant sûrement apaiser leur peine en leur offrant un peu d'eau.

Les gourdes que nous a offert Prakash sont solides mais ne peuvent contenir qu'un demi litre d'eau.

C'est bien peu pour des bouts de bois creux et leur poids est surprenant.

On dirait du sapin mais leur poids me fait penser à du chêne détrempé.

Il y a un petit couvercle avec, sur le dessus, une rose sculptée et Prakash avait demandé au vendeur de graver nos prénoms en bas de cette fleur aux détails très soignés. Nous portions fièrement son cadeau et je voyais que cela lui procurait beaucoup de joie.

Prakash avait toujours sa gourde renfermant son trésor et je le voyais souvent faire semblant de boire afin de ne pas attirer les soupçons.

Nous ressortons de la mairie, je contemple une nouvelle fois mon visage sur le mur devant l'entrée et je remarque du coin de l'œil, une femme qui vient vers moi en souriant.

_" Bonjour ! Vous êtes plus beau en vrai que sur cette affiche ridicule..." me dit-elle amusée

Cette dame d'une soixantaine d'années, habillée tout en blanc, me fait sursauter. Je me couvre aussitôt le visage comme un réflexe devenant peu à peu naturel.
Cela fait des années que je n'ai pas vu quelqu'un d'aussi propre et d'aussi bien vêtu.
Elle doit sûrement être riche.

Comment m'a-t-elle reconnu en si peu de temps ?
Je ne me ferais jamais à cette popularité aussi involontaire qu'incontrôlable.
J'essaie de me retourner pour ne plus faire face à cette inconnue pour qui la discrétion semble être une futilité.
Elle se rapproche un peu plus de moi et pose désormais sa main sur mon épaule.
J'ai peur.

_" Je t'ai reconnu quand tu es rentré dans la mairie !"
Viens ! On va trouver un endroit plus à l'écart pour parler tranquillement..."
Je connais la voix de cette dame que je suis à présent.
Je me retourne et remarque que mes camarades ne m'ont pas emboité le pas.
Même Prakash pourtant habitué à me suivre comme mon ombre est resté devant l'entrée.
Je suis conscient que ce n'est pas prudent de s'isoler avec une personne que l'on ne connait pas mais sa voix familière a suscité ma curiosité.

Nous faisons le tour de la mairie tout en évitant les sacs d'ordures entassés en pleine rue.
Nous devons être dimanche car je n'ai vu personne travailler, encore moins un éboueur.
Les gens errent çà et là comme des vagabonds cherchant un refuge ou un endroit à l'ombre.

Soudain, la dame à la robe blanche se retourne et baisse son voile qui, jusque-là, ne laissait apparaître que ses yeux.

Si au début du siècle, le port du foulard faisait souvent polémique, aujourd'hui plus aucune femme ne l'oublie avant de sortir car le soleil vous brûle chaque centimètre de peau que vous lui présentez.

Un jeune homme rencontré près de Grenoble nous a exposé les changements radicaux qui s'étaient opérés durant la dernière décennie.
Les hommes ont suivi les dames sur le mode vestimentaire, ils se cachent la majorité du corps pour ne pas rôtir mais laissent leur visage à découvert pour se différencier de celles-ci.
La gent féminine préfère les couleurs claires mais aucune d'entre elles ne porte du blanc, bien trop salissant pour travailler ou même se promener dans ces rues sales.
Le blanc est réservé aux cérémonies ou aux rares personnes aisées qui osent encore afficher leur statut social aux yeux de tous.

La plupart des privilégiés des zones 3 et 4 s'habillent désormais comme les autres classes sociales pour ne pas se faire voler en pleine rue ou à leur domicile.
Être plus riche que la moyenne signifie bien souvent que vous avez négocié un traitement de faveur, ou pire encore, collaboré avec la milice et cela peut vous attirer la haine de vos voisins et une "rixe des révoltés": ces hommes qui se désignaient eux-mêmes comme des résistants avaient l'habitude de piller et de passer à tabac "les gens en blanc" comme ils aimaient les appeler.
Souvent, ils prenaient possession de leurs maisons et de leurs biens.
Les privilèges et la trahison des uns entrainaient la jalousie, la vengeance et la violence des autres.

Un jeu en miroir qui me rappelait bien trop de choses que je pensais avoir oublié.
Je ne voyais cependant que des pauvres faisant la guerre à d'autres pauvres...

On m'a aussi confié que certaines demeures sont enterrées afin de pouvoir profiter de températures moins élevées qu'en plein soleil.
La fabrication de ces maisons souterraines doit certainement être plus onéreuse qu'une habitation hors-sol mais leur superficie étant dissimulée, cela n'éveille pas les soupçons de richesse.
Les gens plus fortunés avaient choisi de vivre cachés pour plus de sécurité et de sérénité mais ils avaient dû laisser leur fierté et leur exubérance à deux mètres sous terre.

La beauté et le charisme de cette femme souriante devant moi me laisse sans voix.
C'est la première personne au teint pâle que je vois depuis longtemps.
En effet, il est très rare de croiser le chemin d'individus à la peau blanche.
Partout sur notre route, nous avons vu des gens de couleur, des métisses ou des asiatiques. Même les "Français de souche", comme on les appelait auparavant, on la peau mate.
"Le grand remplacement" tant annoncé n'a pas eu lieu mais le soleil a teinté la peau de chacun d'entre nous au point de gommer la différence de teint entre un Arabe et un Européen.
Nous avions désormais plus qu'un seul souci, trouver à boire et à manger pour survivre.

Les joues roses de cette inconnue me fait tout de suite penser qu'elle doit habiter une de ces maisons enterrées où l'on ne voit le soleil qu'à travers un puit de lumière au centre de chaque pièce.
 Un seul détail rend les habitants de ces maisons reconnaissables entre tous : leurs lèvres noires.

La faible ventilation au sein de ces forteresses noirci les visages et leurs occupants toussent régulièrement comme le faisait les mineurs au siècle dernier.
Dormir au frais et se protéger des voleurs avait un prix et l'espérance de vie quand on habitait sous terre en était réduite de moitié.

Cette femme privilégiée a attiré ma curiosité malgré le réel danger de s'isoler avec une personne comme celle-ci.

Elle s'arrête devant moi et me fixe droit dans les yeux.

# Chapitre 18

_" Nous ne pensions pas te revoir un jour mon ami ! "
_" Je vous connais ? "
_" Je suis Louise, l'assistante de ton père..."
_" Ah... C'est pour ça que votre voix m'est familière..."

Je n'avais jamais rencontré cette Louise dont mon père nous parlait souvent à la maison. Ma mère l'avait croisé lors d'une conférence et était revenue énervée chez nous sans que nous comprenions pourquoi.
Après une grosse scène de ménage et une semaine durant laquelle mes parents ne s'étaient pas adressé la parole, le calme était revenu au sein de notre foyer.

Je comprends en voyant cette dame devant moi, d'où provenait cette dispute entre Maman et Papa.

Un soir, mon père nous avait décrit sa nouvelle assistante comme une quinquagénaire timide et passablement laide.
Il nous avait confié détester son style vestimentaire un peu vieillot et que ses dents tordues l'empêchaient de pouvoir réellement sourire...
Ma mère s'était alors offusquée de ce manque de respect qui ne ressemblait pas du tout aux valeurs que nos parents s'efforçaient de nous transmettre.

Aujourd'hui, je comprends la colère mais surtout la jalousie de ma mère envers cette femme élégante et distinguée.

Son âge aussi avait été caché visiblement. Elle a en effet une cinquantaine d'année mais aujourd'hui...

Elle devait en avoir à peine trente lorsqu'elle travaillait avec Papa.

Il avait menti pour ne pas inquiéter ma mère et je le comprends.

_" Comment vas-tu ? " me dit-elle.
_" Bien ! Merci... un peu fatigué mais j'ai hâte de retrouver ma maison !"
_" Ta maison ?! Mais c'est impossible ! "
_" Et pourquoi cela ? "
_" Elle est en Zone 2 ! Et aux dernières nouvelles, elle est habitée par les miliciens..."
_" Ma maison ?!! "
_" Oui ! Tu ne peux plus y aller ! Pour aller en Zone 2, Il faut un laissez-passer ou un billet de loterie gagnant !"
_" J'en obtiendrai un !"

Louise se met alors à rire et cela rajoute à ma nervosité soudaine en ayant entendu de telles nouvelles.

_" S'il y a quelqu'un dans ce pays qui ne pourra pas atteindre la Zone 2 sans se faire tirer dessus, c'est bien toi ! Tu es recherché dans tout le pays ! Oublie cette idée folle !"

_" Il doit bien y avoir un moyen de s'y rendre ! Tu as travaillé longtemps avec mon père et lui, il trouvait toujours une solution ! "
_" Je fais partie d'une organisation de rebelles et nous faisons régulièrement passer des gens de l'autre côté mais personne n'acceptera de te faire rentrer ! N'importe qui mais pas toi ! C'est bien trop dangereux pour nous ! On a déjà assez de problème avec la milice qui recherche chacun d'entre nous comme si nous étions des criminels !"
_" Tu fais partie des Révoltés ?! "
_" Tu as déjà entendu parler de notre groupe ?"
_" Oui, le capitaine du bateau qui nous a conduit jusqu'à Marseille nous a raconté que vous aviez pillé et détruit Notre-Dame-De-La-Garde..."
_" Non ! C'est faux ! C'est la milice qui saccage les monuments historiques et nous fait porter le chapeau pour se mettre la population dans la poche !"
_" Oui ! J'ai vu ce qu'ils ont fait dans d'autres pays..."
_" Dans d'autres pays ?!! Et que faisais-tu à Marseille?"
_" J'ai suivi ma fiancée jusqu'en Inde ! Elle voulait retrouver ses parents et la milice l'a assassinée..."
_" En Inde ?!! Mais tout le monde disait que tu te cachais dans une grotte ou que tu étais hébergé chez des membres des Révoltés... Que tu changeais de maison chaque soir pour ne pas te faire prendre par la milice ! Tu es le symbole de la résistance pour une grande partie de la population...et le diable en personne pour le reste..."
_" Je n'étais même pas en France..."
_" Chaque jour, les miliciens sillonnent les villages ou les villes. Certains informateurs leur indiquent ta

présence ici et là alors ils arrivent et détruisent tout en te cherchant."

Je suis stupéfait par ce que j'entends.
Ce pays et ses habitants vivent sous une tyrannie quotidienne dans le seul but de me retrouver ?
Tout cela n'a rien de rationnel.
Je ne suis qu'un modeste écrivain ayant fui son pays pour accompagner sa fiancée et je n'ai jamais souhaité être en tête d'un mouvement révolutionnaire.
Je ne mérite en aucun cas autant d'attention.

_" Tu veux venir dormir chez moi ce soir ?"
_" Euh... Je ne suis pas seul...Il y a trois jeunes indiens avec moi..."
_" Pas de problème, mon mari nous cuisinera un bon repas et tu me raconteras ce qu'il s'est passé en Inde !"
_" Je ne sais pas... Il faut d'abord que je demande aux autres."
_" Ok... Venez à cette adresse pour 19 h ..." me dit Louise en griffonnant sur un petit bout de papier
_" 1981 ?!"
_" Oui... pourquoi ?"
_" Il n'y a qu'un numéro ?? Il n'y a même pas le nom de la rue ?"
_" Ah oui... évidemment tu ne le sais pas..."
_" Je ne sais pas quoi ?"
_" Les noms de rue ont été supprimé depuis un moment..."
_" Mais pourquoi ?!"

_" Beaucoup trop de rues portaient le nom d'un révolutionnaire ou d'un résistant, bref... d'un passé que les As voulaient faire oublier."
_" Oui... Je vois... Ne plus prononcer leur nom ou leur histoire et au fil du temps... les oublier..."
_" Et ils ont réussi... plus personne ne se souvient de Napoléon, de Charles de Gaulle, de Jean Moulin ni d'Ambroise Croizat ! Même ici, en Savoie..." me dit-elle désabusée en regardant le sol.
_" Je vais rejoindre mes amis et je leur demanderai s'ils veulent bien venir chez toi."
_" Très bien... A tout à l'heure !"
_" Je ne te promets rien tu sais !"
_ " 19 h chez moi, on vous attend."

Je me retourne en me disant qu'elle avait déjà compris que je ferai tout pour convaincre mes trois compagnons. Elle avait attiré mon attention mais surtout ma curiosité et elle le savait.

Une minute plus tard, je rejoins Mushika et Aman devant la mairie.
Prakash marche dans notre direction en pressant le pas.

_" Ou étais-tu passé Thomas ?!" me demande Mushika d'un air affolé.
_" J'ai rencontré une amie de mon père et elle nous a invité à passer la nuit chez elle."
_" Euh...Non merci..." dit Prakash en arrivant à mes côtés.

_" On a vu avec Winston ce que donnait l'amitié dans ton pays…" continue Aman.
_" Cet ami-là aussi on sera obligé de le faire griller au petit déjeuner ?!" relance Prakash avec un sourire ironique.

Nous rions. Il vaut mieux en rire…
Le petit garçon apeuré, rencontré dans un camp de nutrition est devenu un jeune homme qui peut s'amuser de toutes les situations, même des pires…
Sa bonne humeur et sa légèreté n'ont pas pris une ride. Il semble inarrêtable et cela me ravi.

_" Oui, je sais mais nous ne pouvons pas atteindre ma maison sans aide et elle peut nous aider. Je comprends votre méfiance mais faites-moi confiance."
_" Très bien alors en avant !" dit Prakash à nouveau enthousiasmé par cette invitation.

Après plus d'une heure de recherche, nous arrivons devant la porte marquée du numéro " 1981".
Je regarde mes trois amis.
Ils fixent la porte sans dire un mot.
Je sais ce qu'ils ressentent en ce moment.
Je ressens la même chose.
De la peur mélangée à de l'excitation.
Je frappe.
J'entends la voix de Louise.
La porte s'ouvre.
Nous étions attendus.

# Chapitre 19

C'est la première fois que je rentre dans une maison souterraine.
Un long escalier descendant, éclairé par quelques bougies, nous amène vers une grande pièce. Nous devons être désormais à 4 mètres sous la surface de la terre.
Il fait presque froid.
Nous arrivons directement dans la salle à manger et cela semble être l'unique pièce car à notre gauche se trouve la cuisine et à notre droite sont alignés une série de matelas recouverts de belles couvertures rouges et blanche.
Malgré la terre battue au sol, tout est d'une propreté déconcertante.
Nos hôtes sont visiblement des privilégiés.

_" Entrez vite ! " dit Louise en me sautant dans les bras.
_" Bonjour les amis ! Je suis Célestin, son mari...ça fait plaisir de te voir enfin Thomas, depuis le temps que j'entends parler de toi..."
_" Merci de nous recevoir..." dit Mushika, un peu impressionnée par l'accueil chaleureux de nos hôtes.

Après quelques accolades, nous nous asseyons autour d'une belle table décorée d'une vingtaine de bougies et de fleurs séchées.

_" C'est quoi ça ?! C'est joli..." demande Prakash en montrant l'une des fleurs reposant au centre de la table.
_" C'est une fleur de tournesol séchée." répond Louise.
_" Je n'ai jamais vu de fleur en vrai ! J'en ai vu en photo bien sûr mais jamais en vrai ! Je peux la toucher ?" dit Mushika en se penchant au-dessus de la table pour sentir le tournesol.
_" Toutes ces fleurs sont des cadeaux rapportés par les gens que nous avons fait passer en Zone 2 ou par les passeurs. Asseyons-nous et nous vous expliquerons tout ça !" dit Célestin un peu amusé par la situation et les questions de mes amis.

Un verre chacun dans la main, nous trinquons à notre rencontre après une rapide présentation des membres de notre troupe de voyageurs.

Je n'avais pas bu une eau aussi limpide et si bonne depuis une éternité.
Elle n'a pas de goût de terre ni d'égout, un délice !
Je me demande à présent comment nos hôtes ont-ils accès à autant de luxe.

_" Que comptes-tu faire une fois dans ta maison ?" me demande alors Louise, visiblement impatiente de parler de mes réelles intentions.
_" Je veux seulement retourner chez moi, chez mes parents... "
_" Je ne comprends pas ! C'est inutile, il n'y a plus rien là-bas et la maison est occupée par des soldats."

_" Oui mais c'est la maison dans laquelle j'ai grandi, celle que mon père a bâti de ses propres mains. Et j'ai promis à mes compagnons de route de les emmener chez moi et je tiendrai parole."
_" Je comprends mais pour y arriver il te faudra fédérer une véritable armée autour de toi, que tu deviennes intouchable... et la milice ne te laissera pas faire ! Je gère le groupe local des Révoltés mais nous ne sommes pas assez nombreux ! Il faudrait rassembler tous les Révoltés..."
_" Dis-moi comment je peux y arriver..."
_" Il te faut beaucoup d'argent pour armer les troupes, soudoyer les miliciens à la frontière et cela est très compliqué vue la pauvreté des gens en Zone 3... On ne fait pas de révolution avec deux râteaux et une pelle !"
_"S'il est si connu et admiré dans ce pays, je suis persuadé que l'on y arrivera ! L'argent ne sera pas un problème..." nous dit Prakash en souriant.

Louise et Célestin semblent amusés par l'optimisme enfantin de notre petit indien.

_" C'est bien de rêver mon garçon mais nous parlons entre adultes !" dit Célestin d'un ton un peu moqueur.

Tout à coup, je vois Prakash se dresser devant nous et saisir sa gourde.
En un instant, la table se retrouve inondée.
Je rêve.
Il vient de renverser sa gourde à laquelle il tient tant.
Nos hôtes ont eu peur de toute évidence.

Ce soudain mouvement de la part de Prakash les a tétanisés.
Les mains sur le visage, ils n'osent même pas regarder ce qu'ils ont devant eux... des pièces d'or et des bijoux. Son trésor brille toujours autant même après un si long voyage au fond d'une gourde en bois remplie d'eau.
Cependant, une chose me choque : il n'y a qu'une dizaine de pièces et un collier...
Je regarde Mushika et son fiancé qui semblent se poser la même question que moi : Où est passé tout le reste de son trésor ?
Mes chaussures lui ont coûté autant d'argent ?
Je n'ose pas y penser...
A-t-il perdu la notion de valeur de l'argent face à autant de richesse ?
Il s'est fait arnaquer par le vendeur ?

Louise ouvre les mains puis ses yeux.

_" D'où vient tout cet or mon enfant ?!"

Célestin ouvre à son tour les yeux et en a le souffle coupé.

_" Mais comment un petit garçon peut avoir une fortune pareille ?" dit-il enfin en touchant les pièces.

_" Je l'ai pris dans la maison d'un riche propriétaire dans mon village. Sa maison brûlait alors je suis rentré et j'ai pris le coffre à bijoux avant que la maison ne s'effondre sous le poids des flammes... et je ne suis plus un enfant madame !" dit sèchement Prakash quelque peu agacé.

_" Excuse-moi... Je vais aller chercher une éponge pour nettoyer tout ça." dit Louise en souriant.

Célestin se lève à son tour, plie la nappe trempée en prenant soin de reposer le trésor devant son propriétaire et se dirige dans le fond de la pièce où est entreposé une grande malle.
Je profite du moment pour poser la question qui me brûle les lèvres.

_" Prakash ! Où est le reste ?! Tu as déjà presque tout dépensé ??"
Il me regarde fixement dans les yeux.

_" Je ne suis pas le seul à avoir une gourde autour du cou non ?" me dit-il fièrement.

Sans tarder Mushika, Aman et moi, enlevons le petit bouchon au sommet de notre gourde.
Nous regardons chacun notre tour par le petit trou au centre de nos gourdes respectives et nous voyons le fond briller...
Je n'en reviens pas.
je regarde à nouveau Prakash.

_" J'ai juste partagé le risque... Si je me faisais capturer par la milice, mon trésor tout entier était perdu et un jour on m'a dit qu'un bon joueur ne montrait jamais toutes ses cartes ! " me dit-il fièrement.

L'intelligence et la clairvoyance de ce garçon n'ont décidemment aucunes limites.
J'admire ce petit bonhomme et je ne suis pas le seul, à en voir les sourires de Mushika et Aman.
Je comprends à présent pourquoi celui-ci s'obstinait à remplir lui-même les gourdes de chacun d'entre nous quand l'eau commençait à manquer.

Notre dialogue s'arrête net au retour de Louise devant la table.

_" J'ai fait des galettes de riz et du poulet !" nous lance-t-elle.

Un véritable festin.
Cela faisait tellement longtemps que je n'avais pas mangé de viande mise à part ce lézard répugnant sur l'île où nous avions fait escale.
Mes trois compagnons vont enfin goûter du riz...
Une belle ironie pour des Indiens de découvrir ceci non pas dans leur pays, mais en France.

Après le récit notre voyage, entrecoupé de quelques anecdotes amusantes de la part de Prakash, une question d'Aman fait redescendre l'ambiance festive de la soirée.

_" Thomas nous a raconté, qu'avant la grande crise, Les Français avaient une vie bien plus confortable que les Indiens mais il n'a pas voulu nous en dire plus...
Comment un pays aussi riche est-il devenu ce qu'il est maintenant car je ne vois aucune différence avec le

mien depuis que nous avons posé le pieds à terre au port d'Orange..."
_" Tu as raison...Nous avions une vie plus douce effectivement..." répond Louise.
_" Alors comment vous en êtes arrivés là ?"
_" Il y a plusieurs explications à cela mais je vais essayer d'être le plus clair possible...
Tout d'abord, il y a eu la grande montée des eaux, suite au réchauffement climatique que l'on ne pensait pas devenir si brutal.
Les côtes ont été submergées très rapidement et les gens ont dû abandonner tout ce qu'ils avaient pour se réfugier plus au centre du pays.
Cela a été une catastrophe pour notre économie car l'ensemble des entreprises présentes sur le littoral ont fait faillite et je ne te parle pas des tensions sociales dues à l'exode de toutes ces familles ruinées..."
_" Ok... Beaucoup de gens ont abandonné leurs maisons et leur travail... Mais ça n'explique pas tout non ?" répond Mushika.
_" En effet, la faillite de toutes ces entreprises a fait vaciller les banques qui leurs avaient prêté de l'argent. Ces établissements financiers, contrairement à ce qu'elles laissaient entendre, n'avaient pas les reins assez solides pour résister à une telle crise !"
_" Oui mais ça, tout le monde le savait ..." rétorquai-je
_" Les gens ayant reçu une éducation digne de ce nom, mais pas la majorité des Français dont je faisais partie..." continue Célestin.
_" Beaucoup de personnes travaillant dans ces établissements financiers ne savaient même pas d'où

provenait l'argent qu'ils prêtaient... Certains pensaient même que cela venait intégralement des dépôts faits par les clients !

Les banques étaient des entreprises privées ayant reçu de l'état, le pouvoir de création monétaire et la gestion des moyens de paiement... Cela veut dire qu'elles seules, pouvaient créer la monnaie dont les gens avaient besoin, et qu'elles seules, pouvaient leur délivrer les outils pour la dépenser et l'encaisser... Un monopole qui leur octroyait un pouvoir impérieux sans véritable limite...

De plus, quand elles perdaient trop d'argent, elles appelaient les états, donc l'ensemble de la population, pour renflouer leurs comptes mais les profits qu'elles généraient restaient dans leur porte-monnaie... Les financiers restaient capitalistes dans la victoire, mais devenaient subitement communistes en cas de défaite!" dit Louise d'un ton amusé.

_" Ok... Pile, je gagne et Face, tu perds... Mais comment les gens ont-ils supporté cela ?!" lance alors Aman.

Il y avait tant de lucidité de la part d'un adolescent venant d'un pays en lambeaux et qui n'avait jamais vu une école ni une banque de sa vie...

L'intelligence ne s'obtient donc pas sur les bancs de la fac comme certains aimaient le répéter...

Louise aussi surprise et amusée que moi par la réflexion d'Aman continua l'explication.

_" Elles pouvaient faire payer leurs dettes aux autres car elles étaient conscientes de leur pouvoir sur le peuple tout entier ! Un véritable chantage...

Bref, elles avaient les moyens de nous entrainer avec elles dans leur chute, et ça personne ne le souhaitait..."
_" Pourquoi tu nous as dit qu'elles pouvaient prêter de l'argent qu'elles n'avaient pas ?" relance Aman visiblement curieux et attiré par le sujet.
_" Puisqu'elles pouvaient créer tout l'argent qu'elles voulaient simplement en tapant sur un clavier d'ordinateur, il n'était pas nécessaire pour elles de puiser intégralement dans les dépôts des clients pour prêter... Les emprunteurs remboursaient au fur et à mesure leurs prêts et les banquiers leur prenaient des frais afin de payer leur dur labeur..." dit ironiquement Louise.
_" Un ordinateur ? C'est quoi ça ? " demande alors Prakash.
_" Une machine qui écrivait et comptait à ta place..." s'amuse Célestin.
_" Votre pays est un endroit très bizarre..." réplique Mushika.
_" Mais alors pourquoi n'existent-elles plus si elles ne pouvaient pas faire faillite et pouvaient créer autant d'argent qu'elles voulaient ?" dit Aman.
_" Elles pensaient que l'État couvrirait toujours leurs pertes mais c'était impossible car celui-ci était déjà surendetté après les avoir sauvés de la noyade à plusieurs reprises au début du siècle... Une banque systémique a coulé et a entrainé les autres avec elles... En France, nous en avions huit...Voilà pourquoi nous en sommes là aujourd'hui ! Suite à la faillite de la première banque, les gens ont voulu retirer l'argent qu'ils lui avaient confié mais tous les établissements

bancaires avaient fermé leurs portes face à ce Bank Run délirant !

Lorsque les clients ont demandé des explications à leurs banquiers, ceux-ci leur ont répondu que l'argent qu'ils avaient confié à la banque était devenue la propriété de celle-ci.

Leur relevé de compte étant une simple reconnaissance de dette, que les banques n'avaient désormais plus les moyens de rembourser... Elles ne pouvaient plus rendre ce que les gens leur avaient prêté !

Les Assurances-vie étaient, elles aussi, touchées par cette catastrophe bancaire car les banquiers et assureurs avaient prêté cet argent aux états surendettés, incapables de faire face à de telles sommes à rembourser...

Si tous les clients venaient retirer leur argent en même temps, la banque sautait comme un bouchon de champagne !

Le fonds de garantie des dépôts servait juste à rassurer les clients mais pas à les rembourser si tout s'effondrait comme un château de cartes ! Et ce fût malheureusement le cas...

Certains avaient tenté d'alerter la population et de manifester leur peur et leur colère face à un tel risque mais il était inutile d'affronter les forces de l'ordre en pleine rue ou de tout casser pour changer ce système devenu fou !

Toute forme de violence ne servait à rien !

Une révolution facile et pacifique pouvait s'opérer avant cette tragédie, simplement en retirant son argent, sauf si les guichets restaient fermés...

Après cet effondrement bancaire, tout le monde était ruiné mis à part une poignée d'individus éclairés ou ayant placé leurs économies dans des biens tangibles comme les métaux précieux ou des denrées non périssables...
On avait gagné beaucoup si l'on avait stocké des sacs de pâtes ou de riz pour les consommer ou les revendre au reste de la population...
La plupart de ces visionnaires résident maintenant en Zone 2...
Les autres ont compris bien trop tard, que le vent ne se mangeait et ne se revendait pas..." dit Louise.
_" C'est un peu trop facile de rejeter la faute sur les banques..." lui répondis-je.
_" Oui en effet, beaucoup de gens ont spéculé sur des choses même improbables comme les crypto-monnaies ! Une aberration !"
_" Des quoi ? "demande alors Aman.
_"Une crypto-monnaie... Une sorte d'argent mais que l'on ne pouvait ni voir ni toucher, en pensant que cela avait de la valeur ! On avait réussi à donner de la valeur à du vent...Mais tout ce cirque s'est arrêté lorsque le pétrole et l'électricité ont commencé à manquer. Sans électricité, il est difficile de continuer à se servir d'une monnaie qui existe uniquement sur un écran...Ce jour-là, des millions de personnes ont perdu en une heure tout ce qu'ils avaient mis de côté durant leur vie..." répond alors Louise.

_"Il n'y a plus de banque désormais ?"
_" Les As sont venus à notre secours en disant pouvoir créer une seule et unique banque mondiale, si les gens acceptaient de leur confier ce qu'il leur restait comme leurs bijoux, leurs métaux précieux et leur maison..."
_" Leur maison ???" répondis-je effaré par ce que je venais d'entendre.
_" Oui, leur maison... plus personne ici n'est propriétaire ! Nous versons tous un loyer annuel aux As pour pouvoir vivre dans la maison que nous avons construit de nos propres mains..." dit Louise, attristée.
_" Et toujours personne ne sait qui sont les As ?!" demandai-je alors.
_" Tu t'en doutes bien ! Pas toi, Thomas !"
_" Non, je l'ignore !"dis-je agacé par tant de suspens.
_" A ton avis, où sont passés les grands banquiers et dirigeants du monde que tu as connu avant de partir en Inde ?"

Je dois me lever et sortir de cette maison pour prendre l'air.
Je regarde Mushika qui semble vouloir m'accompagner mais son fiancé la retient fermement par la taille tout en me lançant un regard noir.
Cela faisait un moment qu'il n'avait manifesté de jalousie et de crainte à mon égard.
Les escaliers me semblent plus raides à la montée que lors de notre arrivée ou peut-être suis-je simplement sous le choc.

Après plusieurs minutes de repos sous un ciel brumeux, je reviens m'assoir à table.

Plus personne n'avait oser parler à part Prakash qui continuait à poser des questions sur les animaux que l'on pouvait voir en France.
Mushika me jette à nouveau un bref regard plein de douceur.
Aman reste quant à lui les yeux fixés sur la table et les pièces de Prakash.
Louise ne me lâche plus des yeux et affiche un léger sourire à l'idée de m'avoir appris quelque chose dont j'ignorais l'existence.

_" ça va mieux ? Je peux continuer à t'expliquer ?" repris fièrement Louise.
_" Oui...Si tu veux..."
_" Mais ils vivent où alors s'ils sont si riches ?!" demande Mushika.
_" En Zone 1 bien sûr ! Cette zone est inatteignable pour le commun des mortels ! Ils vivent sous des températures clémentes, profitent de l'eau et de l'air purs... Et mangent tout à fait à leur faim... Ils ont gardé pour eux les animaux en bonne santé et vivent à l'abri de la pauvreté, des guerres et des maladies...
Je ne vois pas ce qui vous choque ?
Les riches avaient fait sécession depuis longtemps !
Ils ne vivaient plus à côté de nous, ne mangeaient plus comme nous et ne se soignaient plus au même endroit...
Ils n'avaient donc plus les mêmes intérêts que nous !
Il y avait bien une lutte des classes mais ils l'avaient gagné depuis un siècle !"
_" Comment sais-tu tout cela ?" demande alors Aman.

_" Car je suis leur informatrice préférée !" dit Louise en riant.
_" Tu travailles pour eux ?!" demande alors Aman apeuré.
_" Oui mais ne t'inquiète pas ! Je leur dis seulement les nouvelles qu'ils veulent bien entendre... et en contrepartie, j'ai tout le confort dont j'ai besoin : une maison, des médicaments et autant de nourriture que je veux..."
_" Mais pourquoi t'accorder autant de privilèges à toi en particulier ? Je ne comprends pas..." lui dis-je.
_" Je suis la fille unique d'une famille d'As..."
_" Et pourquoi es-tu ici en Zone 3 ??"
_" Parce que je ne pouvais leur assurer de descendance... Je ne peux pas avoir d'enfant donc j'étais inutile là –haut... Ils ne gardent que les jeunes pouvant procréer mais pas plus d'un par famille car ils ne peuvent pas être trop nombreux..."
_" Et pourquoi cela ?" demande Mushika.
_" Parce que la nourriture est rare, même en Zone 1. Elle est de très bonne qualité certes, mais les quantités laissent à désirer... Ils ont surtout ce qu'ils souhaitaient le plus... Le confort des douces températures et le calme. Entendre les pleurs et voir les pauvres se battrent ne les amusent plus autant que par le passé..."
_" Mais quel cynisme ! " répond alors Mushika.
_" Ils sont généreux avec moi et Célestin...C'est déjà ça..." dit Louise d'un air désabusé.
_" Et tes parents ne te manquent pas ?" demande Prakash.

_" Les parents sont ceux qui élèvent et gardent leurs enfants près d'eux surtout s'ils ont un problème de santé non ?!" répond fermement Louise.
Nous ne pouvons qu'acquiescer à ses dernières paroles et comprendre sa colère.
Louise bénéficie de tout le confort nécessaire à tout être humain mais l'absence d'amour de ses parents doit être terrible à vivre.

_" Mes parents aussi me manquent parfois..." dit alors Prakash.
_" Oui, tu as raison mon garçon, je ne suis malheureusement pas la seule à souffrir. Où sont tes parents ?"
_" Nos parents sont morts !" lance Aman énervé par la question de Louise.
_" Non ! On ne sait pas ce qu'ils sont devenus ! Les soldats les ont emmenés et nous n'avons plus jamais eu de leurs nouvelles..." réplique Prakash.
_" Vous devez être fatigués par ce long voyage... Il faut aller dormir maintenant..." dit sagement Célestin en voyant l'ambiance se dégrader à chaque seconde.

Nous sortons de table.
Je lance un dernier sourire discret à celle qui occupe mes pensées et mes rêves.
Aman la tient par le bras et le couple part se coucher au fond de la pièce, loin de moi.
Prakash replace méticuleusement son trésor à l'intérieur de sa gourde et me rejoins sur l'un des matelas collés au mien.

Nos hôtes nettoient rapidement la table et s'allongent à quelques mètres de nous.
Je m'endors en pensant une fois de plus à mon dernier rêve.
Celui où je vivais paisiblement dans ma petite maison avec Mushika et nos enfants...

# Chapitre 20

Un bruit de chaise et des voix à quelques pas de moi me réveillent brutalement.
Il fait déjà jour.
Je me retourne et je peine à croire ce que j'ai devant moi.
Une vingtaine d'hommes vêtus de noir et d'un foulard rouge autour de leur cou.
Je remarque un écusson sur leur poitrine, tout près du cœur, un signe noir y est brodé au fil doré.

Qui sont ces gens qui parlent fort et me fixent sans relâche ? Des miliciens ? Des soldats sans arme ? Une secte ?
Ils n'ont pourtant à la main aucune arme mais un petit livre avec le même signe noir dessiné au centre de la couverture rouge sang.

_" Que se passe-t-il ?!"

Aman, Mushika et Prakash se lèvent aussi et arrivent à ma hauteur.
Ils ont visiblement aussi peur que moi devant cette soudaine assemblée d'inconnus.
Louise et son mari nous avaient pourtant semblés fiables et de notre côté.
Eux aussi nous ont trahi ?

Je me suis encore fait avoir en pensant pouvoir faire confiance à des amis ?
Soudain, Louise lève la main et le groupe d'hommes derrière elle se tait brusquement.
Elle se tient droite et sa longue robe blanche tranche avec la tenue sombre de ces messieurs.

_" Tu voulais passer la frontière et revoir ta maison ?"
_" Euh... Oui..."
_" Pour cela, il te faudra une dizaine de ces valeureux Révoltés mais si c'est pour changer les choses et se débarrasser des habitants de la Zone 1 et de leur tyrannie... il t'en faudra bien plus que ça ! me dit Louise.

Je regarde mes trois compagnons de route à mes côtés.
Prakash me sourit et semble impatient de connaitre ma décision.
Aman et Mushika sont eux aussi pendus à mes lèvres...
Je me retourne vers Louise et ses hommes et lance sans prendre le temps d'y réfléchir :


_" Je crois qu'il va me falloir plus d'hommes..."

**Fin du tome 2**

# Dédicaces

Aux sœurs de l'Orphelinat de Bombay,
A l'association « Enfants Du Monde »,
A mes parents,
A Marie, ma première lectrice et mon premier soutien,
A mes enfants,
A ma famille et amis,
A Claude et Anne, fidèles critiques et correctrices.
A tous ceux qui m'ont donné l'énergie et la motivation nécessaires.
A tous ceux qui ont cru en moi.
A tous ceux qui m'ont fait croire en moi…

Chers lectrices et lecteurs,

Je m'appelle Thomas Prakash MAITRE et je souhaite vous faire partager mon parcours, ce qui vous aidera sûrement à mieux comprendre ma démarche d'écriture.

Je suis né à Bombay en Inde au mois de Septembre 1981.
J'ai été abandonné puis recueilli par « Les Missionnaires de la Charité », un orphelinat de Mère Teresa dans lequel j'ai été prénommé Prakash.
Je ne sais quasiment rien de ce court passage de ma vie, mis à part que j'ai eu le privilège d'être bercé par Mère Teresa à plusieurs reprises.
Il n'existe aucune trace de mon passé avant l'orphelinat.

J'ai été adopté à l'âge de onze mois par un couple de savoyards qui m'ont donné le prénom de Thomas à mon arrivée en France.
Mon prénom indien a été conservé en deuxième prénom.
Je porte aujourd'hui fièrement mes deux prénoms mais cela n'a pas toujours été le cas...
En effet, j'ai longtemps renié mon prénom indien ainsi que mes origines dans un soucis d'intégration totale à mon pays et ma famille adoptive.

Mais le passé vous rattrape parfois...

Après la naissance de mes deux enfants, je suis retourné en Inde avec ma famille car j'avais besoin de me reconnecter à mon pays natal et de partager cela avec eux.

En parallèle j'ai vécu un échec professionnel qui m'a profondément marqué, suite à cela j'ai consulté un thérapeute qui m'a suggéré de laisser s'exprimer ma créativité par l'écriture.

J'ai donc commencé à écrire une petite histoire et deux cent quarante-cinq pages plus tard, je n'en vois toujours pas la fin !

Ce roman est donc le fruit d'une reconstruction personnelle.

J'ai créé pour cela deux personnages autour de « ma double personnalité », en essayant de ne pas devenir schizophrène…
Le premier est un enfant indien un peu désorienté, qui n'a pas eu la chance d'aller à l'école et qui a vécu des choses qu'aucun enfant ne devrait vivre.
Le deuxième est un français d'une quarantaine d'années, marqué par les épreuves successives auxquelles il a dû faire face, révolté et lucide sur la réalité du monde.

Je profite aussi de ce roman pour aborder des sujets qui me passionnent comme l'économie et l'histoire mais aussi, vous faire partager mes préoccupations concernant notre avenir commun sur cette planète aux ressources plus que fragiles...

Au moment de finir ces quelques lignes, j'entame l'écriture du troisième tome...

J'aimerai bénéficier de votre critique littéraire concernant ces deux premiers tomes.

Pour cela, je vous laisse mes coordonnées ci-dessous.

Merci à vous toutes et tous de me suivre dans cette belle aventure.

A bientôt.

                    Thomas Prakash MAITRE

Mail : thomasmaitre73@hotmail.fr
Contact par SMS : 0778102343
Facebook : Le Monde est tombé ou Thomas MAITRE
Instagram : Le Monde est tombé

Printed in Great Britain
by Amazon